苍狼之月

［意］朱塞佩·费斯塔 / 著

盖　野 / 译

李小东　金　灵 / 绘

All names, characters and related indicia contained in this book, copyright of Atlantyca Dreamfarm s.r.l., are exclusively licensed to Atlantyca S.p.A. in their original version. Their translated and/or adapted versions are property of Atlantyca S.p.A. All rights reserved.
© 2015 Atlantyca Dreamfarm s.r.l., Italy
© 2023 for this book in Simplified Chinese language by Guangdong New Century Publishing House Co., Ltd.
Text by Giuseppe Festa.
Original edition published by Adriano Salani Editore s.u.r.l., Milano
Original title: La luna è dei lupi
International Rights ©Atlantyca S.p.A., via Leopardi 8 - 20123 Milano – Italia - foreignrights@atlantyca.it - www.atlantyca.com
No part of this book may be stored, reproduced or transmitted in any form or by any means, electronic or mechanical, including photocopying, recording, or by any information storage and retrieval system, without written permission from the copyright holder. For information address Atlantyca S.p.A.
版权合同登记号：19-2019-044号

图书在版编目（CIP）数据

苍狼之月／（意）朱塞佩·费斯塔著；盖野译；李小东，金灵绘.—广州：新世纪出版社，2024.1
（动物探险小说）
ISBN 978-7-5583-3863-2

Ⅰ.①苍… Ⅱ.①朱… ②盖… ③李… ④金… Ⅲ.①长篇小说—意大利—现代 Ⅳ.①I546.45

中国国家版本馆CIP数据核字（2023）第089504号

出 版 人：陈少波
策划编辑：秦文剑
责任编辑：秦文剑　梁志鹏
责任校对：庄淳楦
责任技编：王　维

苍狼之月
CANGLANG ZHI YUE

[意]朱塞佩·费斯塔 著　盖野 译　李小东　金灵 绘

出版发行：新世纪出版社
　　　　　（地址：广州市越秀区大沙头四马路12号2号楼　邮编：510102）
经　　销：全国新华书店
印　　刷：广州小明数码印刷有限公司
　　　　　（地址：广州市天河区高普路83号B座C5号）
规　　格：889 mm×1194 mm　1/32
印　　张：7.125
字　　数：180千字
版　　次：2024年1月第1版
印　　次：2024年1月第1次印刷
定　　价：32.00元

质量监督电话：020-83797655　　购书咨询电话：020-83791537

献给我的母亲珍妮，
她教会了我如何在森林里呼吸。

目录
CONTENTS

引子	/ 1	第十三章	/ 61
第一章	/ 2	第十四章	/ 66
第二章	/ 6	第十五章	/ 69
第三章	/ 9	第十六章	/ 73
第四章	/ 15	第十七章	/ 79
第五章	/ 18	第十八章	/ 86
第六章	/ 22	第十九章	/ 91
第七章	/ 27	第二十章	/ 94
第八章	/ 31	第二十一章	/ 98
第九章	/ 37	第二十二章	/ 103
第十章	/ 45	第二十三章	/ 109
第十一章	/ 49	第二十四章	/ 114
第十二章	/ 57	第二十五章	/ 120

第二十六章	/ 126	第三十六章	/ 176
第二十七章	/ 130	第三十七章	/ 183
第二十八章	/ 136	第三十八章	/ 188
第二十九章	/ 141	第三十九章	/ 193
第三十章	/ 145	第四十章	/ 197
第三十一章	/ 149	第四十一章	/ 201
第三十二章	/ 155	第四十二章	/ 204
第三十三章	/ 161	第四十三章	/ 210
第三十四章	/ 166	致谢	/ 217
第三十五章	/ 171		

引子

气喘吁吁。

贴地氤氲的废气烟雾折磨着他的舌头,令他口干舌燥;而在多种不知名的气味杂糅的刺激下,他的鼻孔也不由得有节奏地一张一合。这古怪不安的一切刺痛着他的鼻子和他蜜色的眼睛,浸湿了他厚厚的皮毛。

一辆无轨电车迸发出蓝色火花。又过了一会儿,汽车的喇叭声惊得他一跳。

他和那个地狱般的世界之间,只隔了厚厚一堆苍郁油亮的树叶,除此无他。

他寻思到底该如何从这险境脱逃。他是一匹来自锡比利尼山脉的野狼,而到了人类的城市中却只能做一名囚徒。

有那么一瞬间,他觉得月亮已经抛弃了自己。

然而他突然听到了些什么。

那是一个孩子的声音。

第一章

锡比利尼山脉,几个月前。

这天夜里,风中的气味像是被魔术师洗乱的卡牌。

紧接着,下雨了。

里奥抖落身上的水珠,看了一眼身侧。在岩壁的阴影里,法尔考的身影模糊难辨。那小家伙四爪着地支起身子,扫视着从脚下延伸下去的斜坡。

"你看见什么了吗?"里奥问他,"我听不见鹿的叫声了。"

"暂时还没。"法尔考目光锁定在山的一侧,喃喃道。

"等一下……在那里!四头母鹿和一头公鹿!"

里奥真纳闷法尔考到底是从谁那里继承了这般超群的目力。里奥试图透过雨幕找出些什么,却只能勉强识别出一些模糊的轮廓。一些体型较小的身影正在追逐鹿群,切断了鹿群的每条逃生路线,并无情地将他们朝低处逼行。

朝向峡谷的方向。

里奥感到体内肾上腺素正在飙升。他是这个狼群的二当家，任务是死咬住猎物的脖子。他抬起眼注视着整个锡比利尼山脉，仿佛在恳求它的庇护。每当月亮躲进云层，他总会这样。

一阵风裹挟着鹿的气息拍打在他的脸上。鹿群就在不远处了。

里奥吩咐法尔考跟着自己。两匹狼溜进他们身后狭窄的山谷，准备伺机出击。

七匹狼的身影排成一列，他们迈着坚定又轻快的步伐穿过锡比利尼山脉北坡的山毛榉森林。狩猎已经开始了。老灰没有再闻闻微风或者嗅嗅地面以确定鹿的行踪，压根不需要——鹿的叫声洪亮又恣肆。

狼影无声地迈向狩猎场的边缘，那里有一片广袤的林间空地，雄鹿们正以各自巨大的鹿角作为利器，争夺着"后宫"。

老灰快速一瞥，便锁定了目标猎物。他瞄准了一个五头鹿组成的小群体：四头母鹿和一头年轻雄鹿。

"布鲁戈和塞尔瓦跟在我身边，"领头狼老灰下达命令，"杰玛去那丛灌木背后，阿尔巴和小刀去另一边，鹿更有可能从那里逃生。"

他没有给安布罗安排任务。这匹老狼也曾是群狼之首，拥有辉煌的过去，而如今却瞎了一只眼，孱弱又愁苦。现在的他位于狼群中最低一级，是一匹"夹尾狼"。然而即便他无法积极参与狩猎，老灰也允许他享用部分猎物。因为在安布罗的时代，他一直是位慷慨的领袖，而狼群也一向懂得感恩。

杰玛率先行动了，她小心翼翼地在林间空地的周围兜了一个半圆，以防暴露自己的行踪。而在另一侧，小刀和阿尔巴也就位了。他们在狩猎场边缘的灌木丛里舒展筋骨，就等着老灰一声令下。

天空中缭绕的阴云将夜色笼成灰蒙蒙的一团。第六感敏锐的母鹿们紧张兮兮地支起了大耳朵。然而，雄鹿们受到荷尔蒙的支配，依旧忙于争斗，无暇他顾。它们昂首扬蹄，发出撼天动地的低沉嘶鸣。这片森林很熟悉这一年一度的战斗的呐喊，它们谱写出一曲描绘战争与爱情的古老歌谣，年复一年，永垂不朽。

老灰从塞尔瓦和布鲁戈的眼神里读出了狩猎的火焰。布鲁戈的胃里正翻腾出一阵饥饿的咆哮。

领头狼一跃而起，狼群紧随其后。

母鹿们发出了警报。雄鹿们的嘶鸣戛然而止。黑压压的恐慌随即席卷草地，鹿角如激流般冲向树林。而这一刻，黑暗中的阿尔巴和小刀已静候多时，她们迫使鹿群不得不急急转向。群鹿的眼神都充满了对死亡的惧怕，母鹿们慌不择路，四下逃窜。换作其他任何一匹狼都难以驾驭这场疯狂的角逐，但老灰是谁？他早早有了明确的目标。他押中的小群体仍然紧紧凑在一起，正朝高地上逃去。杰玛是狼群里最果敢的一匹，上前便锁死了他们的前路。她冒着葬身鹿蹄的危险，成功将猎物又赶了下来。

不一会儿，五头鹿的小群体便几近绝望地发现自身孤立无援，已与逃亡中的鹿群大部队相隔甚远。他们眼前只有一条出路——向下，朝向山谷里。

老灰，塞尔瓦和布鲁戈从后面驱赶着猎物。雄鹿试图从岩石的罅隙间杀出一条生路，但是一个灰色闪电般的身影截断了雄鹿的去路。论速度，没有谁追得上阿尔巴。

安布罗微跛着脚，远远地跟在他们身后。他在一个土丘上停下来喘了口气。在他看来,下方的地狱峡谷像是特纳山谷环抱地带的一道暗缝。开始下雨了,雨幕遮住了他那双仍不失颜色的眸子。老狼叹了口气,谁曾想,若放在过去,他才是狩猎场的领袖。而如今当他动身走下缓坡,同伴们早已不见踪影。

五头鹿在河岸两侧平坦的草地上夺路飞驰。但很快,山谷变得狭窄,岩壁也愈发陡峭。斜坡上的草地被光滑湿润的岩石所取代。

混乱之中,五头鹿最终进入了峡谷。老灰看着它们消失在峡谷的两壁之间。那是一道古老的溪谷,石头上留着骇人的切口,随着时间的流逝被一道水刃逐渐劈开。

鹿蹄在微湿的泥土上留下一串脚印,潮湿的黑色土块在它们身后炸裂翻飞。眼看着前路越来越窄,它们不得不跳入水中,放慢脚步。只有几米宽的峡谷呈一条狭长的"S"形,而在另一头,山谷的怀抱再次打开,一切豁然开朗——熟悉的森林与和缓的山坡等着它们。是安全在等着它们。

然而,在山岩的另一侧,一个致命的奇袭暗中锁定了它们。

第二章

鹿蹄敲击的回声轰鸣,在光滑的山岩上噼啪作响。

里奥想象着几十个尖锐的鹿角指向自己的画面,不由得打了个寒战。

法尔考惊慌失措,身子紧紧贴在岩壁上。尽管已长到成年狼的体格,但实际上他只有几个月大,心智尚未成熟。这才只是他第一次真正意义上的狩猎。

"留在我身边。"察觉到了同伴的慌乱,里奥忙吩咐道。

五头鹿的小群体闯入他们的视野。一看到有狼挡住去路,雄鹿便压低自己的角,发起攻击。里奥晃身躲过,转而试图咬住鹿蹄实施反击,却不巧扑了个空。两头鹿接连从法尔考留下的破绽里逃脱。这匹年轻的小狼十分受挫。

里奥试图封锁最后两头母鹿的去路。第一头一跃而出,而第二头却迟疑了。这片刻的迟疑给了它致命一击:里奥的牙像利刃一般刺进了它的脖颈。母鹿在潮湿的鹅卵石上打了滑,一头栽倒。法尔考激动起来,一个鲤鱼打挺,试图抓住一只鹿蹄,但收获的却是一记猛踢。布鲁戈从后赶上，他强壮的身影落在他的猎物上，阻止它重新起身。里奥则牢牢咬住其大动脉。片刻之后，母鹿失去了意识，不再动弹。

狩猎结束了。

似乎是为了响应某个神秘的召唤，雨停了，风拨开云层，露出一片清朗如洗的天空。冷月高悬，月光沿着峡谷的岩壁倾泻而下，化作一道道银色的涓涓细流。一道玄妙的反射光线照亮了血色浸染的鹅卵石。

狼群聚集在猎物周围。狼尾巴激动地挥舞着，宛如战斗凯旋的旗帜。最先享用猎物的是老灰和他的妻子塞尔瓦。每当撕下新鲜的肉条时，领头狼垂下的耳朵会像飞机机翼一般宽阔而平坦，而每当有下属凑近想要分一杯羹时，他都会衔着肉，龇着牙发出咆哮。两位统治者狼吞虎咽地吃掉了那些最有营养的部分——肝脏、心脏和肺。

法尔考是唯一的例外——他能够在老灰吃完前享用猎物。作为最后一窝小狼崽的唯一幸存者，他依旧太年轻，无法在等级森严的狼群里找到一个明确的身份。但至少现在，他还享有一定的免责权。

相反，那位仅大他一岁的姐姐阿尔巴，就不得不像其他狼一样排队等候。

最后吃的是老安布罗，他欣然接受了不那么好吃的部分。显然，这是寡淡的一餐。但这便是狼群的法则。

狼群的领地广阔。他们坐拥特纳山谷，包括地狱峡谷、河谷和锡比利尼山脉——这得名于那庞大的锡比利尼山脉。在亚平宁山脉的中心地带，在翁布里亚大区和马尔凯大区之间，这片山脉是一道景致壮阔且地貌丰富的分水岭：有大片大片的沼泽地、郁郁葱葱的森林和一望无际的草原，几个狼群的家园正在其间，受着国家公园的庇护。

在自己的领地范围内，每个狼群都选择了一个安全且具有战略意义的位置，作为两次捕猎期间的栖息地。老灰所率领的狼群的避风港靠近一个为人类所熟知的洞穴，那里是传说中的预言诗人——亚平宁女先知的旧居。洞穴的入口已经坍塌了一段时间，但是岩间的参差裂缝能够在天气恶劣时遮蔽风雨。此外，较高的海拔位置更便于巡视大片的领地。

不过这并不是塞尔瓦生下她的小狼崽们的地方。事实上，那时这个狼群的巢穴位于里帕库帕森林的一个偏远而隐秘的角落，在一棵巨大而虬曲的山毛榉树的脚下。在那里，一条密道在遒劲的树根下蜿蜒，隐没在黑暗深处。深受这棵百年老树的慈祥荫庇，狼群已传承几代，母狼在黑暗中哺育着幼崽，等候着他们迎接光明的日子。

塞尔瓦身强体壮，巢穴固若金汤。然而，最后两窝小崽子却很不走运。在所有幼崽中，只有阿尔巴和法尔考幸存下来。其他孩子都夭折了。

如此不幸，使得狼群的未来风雨飘摇。

老灰深知这一点。

第三章

　　山毛榉的叶子宛如琥珀色的火焰，点亮了森林高处。石楠花的紫色点染了山的两侧。

　　距离最近一场狩猎已经过去一周了。里奥在距离锡比利尼山脉顶峰不远的一片草地上小憩。这里是他最喜欢的地方。安布罗曾经告诉他，从这里远眺，视线越过最远端的山脉，目光尽头的大海依稀可见。

　　从里奥的观测点来看，一座名为佛切的村落同样尽收眼底，这是他们族群领地中唯一一个人类栖息的据点。这里风光宜人却环境严酷，少数几户人家在山脚下拳头大的小屋里艰苦营生。狼群总是离人类远远的，只涉足仅为他们自己所知的秘境。至少在那一天来临之前一贯如此。

　　微风轻拂身下的草地，一片绿色的海洋荡漾着香气；野花烂漫，在山间铺开了芬芳的彩带。里奥最喜欢的是庭荠花，黄色的花瓣中间点缀着些许白色，他偷偷喜欢着的母狼小刀身上也正好有这种花的香气。小刀焦糖色的眸子目光深邃且坚韧，在澄澈的星空之下她的毛皮泛着银光，她是一把刺穿暗夜的月之刃。

然而小刀可能永远都不会成为里奥的妻子。狼族的法则说得很明白：族群中只有一对夫妇拥有繁衍权，而在他们的族群中，这一对夫妇便是老灰和塞尔瓦。

并非所有的狼都会心甘情愿地接受这条法则。有些狼会选择脱离族群，组建属于自己的小家庭；另一些则会向领头狼发起挑战，渴望取而代之。不过里奥明白这两件事自己都不会去做。"首领会自然而然诞生的。"他的父亲总是这么说。

冷风如同一只大手轻拂着他，手指穿过他厚厚的毛皮：沿着胯部两侧是棕黄的蜜色，脊背上的灰色里燃着赭色的火苗，颈下则是白色。里奥深情注视着失落平原的草地，目光最终落在大平原上。一段苦中带甜的回忆刺痛了他的内心。他努力尝试想些别的，并把目光转向北方，投向那个大多数狼所畏惧的世界。很少有狼会在锡比利尼山脉以外的区域冒险，唯独那些来自南方自由区年轻且落单的狼，会去碰碰运气，渴望着征服。

日落西山，晕染出一个柔和的黄昏，空中点缀着飞翔的鸦影。暮色迅速将平原覆盖，而远处小镇卡斯特卢乔的街灯也一个接一个地亮了起来。这正是一天中里奥最喜欢的时刻。一个昼夜交汇，阴阳相融的时刻。混沌不明，悬而未决，正如他此刻的心境。

风裹来了一阵狼嗥。里奥认出了老灰低沉而威严的声音，那是召集狼群集合的号角——夜晚即将开启新一轮的狩猎。

当里奥到达洞穴时，狼群之中已然洋溢着激动与狂躁。老灰挺胸扬尾，神似一尊指挥官雕塑，神情中满是机敏、坚定和自信。其他狼盘旋在他四周，舔着他的鼻子，高呼低鸣着，小跑着，仿佛准备好了要开始玩新游戏的幼崽一般。这种仪式是每次狩猎之前的固定环节,为的是加深狼群成员之间的羁绊,并唤醒他们体内的肾上腺素。但是里奥最近却很不情愿参加这个仪式。

杰玛贴近她的弟弟:"你怎么了,有什么不对劲的吗?"

"你知道的,我不喜欢这样的狩猎了。真正的狼都是光明磊落,不耍花招的。"

"你应该感恩月亮还照耀着峡谷。"杰玛斥责道,灰黑色的面庞更衬得她的神情警惕又果敢。

"我已经受够了这样的伏击,跟野猫打架似的。我想在旷野上追逐一头鹿,正大光明地逮住他,就像咱们老爸做的那样。哪怕一次也好啊。"

"你想归想,别让老灰听到你这话,他会说你忘恩负义的。"杰玛一边说着,一边用鼻子将里奥拱向了其他狼,"他那么做也有他的道理。你记着,咱俩但凡还活着,都应该对他心怀感恩。"

狩猎开始了。狼群沿着锡比利尼山脉的北坡鬼魅一般无声滑下。谷底已是漆黑一片。

在小径的岔路口,老灰停了下来。"我们就此分头行动吧。里奥,法尔考,你们下到峡谷里去,上回你们打了一场漂亮的伏击战。"

"那可不!"里奥对法尔考投去恶狠狠的一瞥,"是我们打了一场漂亮的仗。"

法尔考垂下尾巴,呜咽着舔了舔嘴,不知是该祈求宽恕还是该立誓一雪前耻。

老灰朝猎鹿场走去,其他狼紧随其后。

但是塞尔瓦没有动。"等等!"她大叫起来,耳朵朝前转着,"你们听不见吗?"

布鲁戈屏息静听,但随后摇了摇头,"我什么都没听见。"

"正是！"塞尔瓦加强语气，"一丁点儿鹿的叫声都没有。"

老灰惊讶于自己之前竟疏漏了这一点。"你说得对，只能听见穿梭于林间的风声。怪了，雄鹿的角逐期应该还没结束呢。"领头狼的目光投向了广袤的林间空地。

"我们也一起去吗？"法尔考问，心想着别去峡谷里打伏击战就好。

老灰没有回答，全神贯注地思考着。

"我就当他说是了。"法尔考跟在队尾，悄声对里奥说。

狼群停在狩猎场的边缘。一头吃草的鹿都没有。

他们又向前了几步。

"当心！草地上有东西！"法尔考叫出声来，他的目力即使在夜间也极为敏锐，"在下面！"

狼群止步，一瞬间静若磐石。他们看到在距离他们二十米开外的草丛中藏着一个暗影，状似一只潜伏着的大型动物。

里奥嗅了嗅，他极为出色的嗅觉派上了用场。"是血，鹿的血。"他低语道，"但不仅如此。"他转而咆哮。

该轮到领头狼迈出第一步了，老灰没有退缩不前。他朝着那团阴影谨慎地匍匐前进，身后跟着里奥和布鲁戈。包括老安布罗在内的其他狼则四散开去，包围了那具神秘的尸体。

老灰确认道："是头死掉的母鹿。"

法尔考松了一口气，开始跳来跳去："太好了！不劳而获！"

但是成年狼们似乎对此并不感到激动。母鹿身上有明显的伤口。尸体一部分被撕碎，大腿和腹部有裂伤。猩红色的血水染红了草地。它死于失血过多。

"是谁杀了它?"老灰发问,"是谁胆敢入侵我们的领地?"

"乌罗?"阿尔巴提出猜想。

"波维山脉的狼群跟这件事没关系。"里奥反驳,"鹿的脖子毫发无伤……没有狼是这样杀死猎物的。它身上……有一股味道……"他抽了抽鼻子,仿佛是要摆脱钻入鼻孔里的刺鼻恶臭,"这头鹿身上有狗的味道。"

"狗?怎么可能?"老灰跳了起来。

"里奥说得没错。"杰玛观察道,"只有狗会一通乱咬。"

趁着其他狼议论不休的时候,法尔考的鼻子已经伸向了死鹿敞开的腹腔。"杀了它的是狼是狗,这都不重要。当我把它拆吃入腹,就跟是我杀了它一样。"说着法尔考便张开大口。

但是里奥阻止了他:"别碰那个肉。"

"为什么?"

"它闻上去病得很重。"

小家伙狐疑地打量着鹿肉,朱红色的,看起来格外诱人。

"听里奥的话。"小刀插话道,"他的嗅觉是不会骗人的。"

"我想知道这帮混蛋是从哪儿来的!"老灰咆哮道。

杰玛和小刀交换了一下眼神。

"可能是从东边的山丘。"小刀鼓起勇气发言,"昨天,我和杰玛在巡逻时,听到谷底传来狗叫声。我们当时以为狗和往常一样是和人类待在一起,但谁知……"

"那你们为什么不马上告诉我?"老灰训斥道,"你们都很清楚,狗是不懂得遵守边界标志的。"

杰玛和小刀愧疚地垂下眼帘。

里奥仔细搜查着死鹿周围的土地。这些狗的运动轨迹毫无规律可循,像是在毫无目标地胡乱出击,但最终他们锁定了一个共同的方向。

"他们的脚印是从那个方向来的……还有鹿的脚印。"

"我们跟着脚印走。"老灰下令。

在这群狼面前,任何惹事的狗都难逃一劫。

第四章

里奥鼻子贴着地面,追寻着狗的踪迹,一路将狼群带到特纳山谷。

茂密的山毛榉森林尽头是一片开阔的草地,上面点缀着巨大的怪石。溪流像一条银色的缎带一样将草地一分为二。这里是他们领地的北部边界。

几只狗的足迹印在河畔的泥泞之上。

"他们是从这里过去了。"老灰说。

"还有鹿也和他们一起。"里奥补充道。

"愿月亮诅咒那群蠢狗!"老灰咆哮道,"他们赶着鹿群去了乌罗的领地。"

听闻劲敌领头狼的大名,布鲁戈打了一个寒战。"乌罗和他的手下恐怕已经把他们撕成碎片了吧。"他垂下耳朵,喃喃说道。布鲁戈拥有如此巨大的獠牙与这般坚实的肌肉,却还怕得直哆嗦,倒也是个奇观了。

"他们未必意识得到自己的领地遭到了入侵吧?"小刀反对

道,"他们又不常在这片区域巡逻。"

"他们最近标记过领地边界吗?"老灰问。

里奥小心地将鼻子探向溪涧:"我在这里闻到了费罗的味道。"

布鲁戈低声呜咽。费罗是乌罗的左膀右臂,他对自家的领头狼低声下气,对低级别的夹尾狼却凶残至极,这一点布鲁戈深有体会。

这时,他们听到了一声遥远的鹿鸣,声音洪亮到甚至飘到了老安布罗的耳朵里。法尔考那永远吃不饱的肚子又开始嘀咕抗议了。

狩猎的欲望在狼群的血液里翻腾。

"声音是从那座山上的森林里传来的。"塞尔瓦说。

"那完全是在乌罗的领地内了。"杰玛不无遗憾地说。

"待……待在这里很危险。"布鲁戈焦躁不安,盯着边界线另一边的树,生怕有什么风吹草动。

"你在说什么呢?!我们还在自家的领地上呢。"老灰昂首挺胸地辩道。他脖子下面那团浓密的白色皮毛在黑夜里熠熠生辉。"我们没什么好怕的。"

布鲁戈似乎并没有被说服。

"那我们该做些什么?"阿尔巴不解地问道。

之前从未发生过鹿群离开锡比利尼山脉区域的先例。在狩猎过程中,狼群小心翼翼,避免将鹿群赶到劲敌的领地。而且从鹿的角度来看,它们也没有兴致跑那么远。少数的鹿死于狼爪之下,换来的是锡比利尼山脉肥美的草场,这笔买卖相当划得来。

但是狗的出现搅乱了这长久以来的平衡。老灰面临着艰难的抉择。

"我们或许可以把它们重新赶回来?"法尔考大胆进言,语气中带着小崽子特有的那种轻快,"把它们重新赶到我们的领地内。"

"猎物属于他们脚下的土地,"里奥照本宣科地说教道,"谁拥有土地谁就拥有猎物。这是一条古老的法则,你最好学一学。"

"但为什么我们要因为那帮该死的狗而忍饥挨饿呢?这没天理!"法尔考哼哼唧唧。

"乌罗很可能已经把他们杀了,"塞尔瓦说,"如果我们贸然进犯,只会和它们落得同一个下场。波维山脉的狼群成员众多,而乌罗又是一位强大又冷酷的首领。"

老灰朝她冷眼一瞥,塞尔瓦这才意识到方才自己说的话冒犯了他。"不,我不是说你不是……"

"鹿群会回来的。"老灰简明扼要地打断了她,转身朝洞穴进发。

其他狼跟在他身后。

里奥跟在队尾。当他走向前时,他最后回头看了一眼溪流那头的森林。丛林里几双充满恶意的眼睛正暗中观察着他。

第五章

　　三天后,情况变得更糟了。

　　老灰的乐观显然是盲目的。小刀和杰玛强忍饥饿,不知疲倦地在北方边境不断徘徊,可是连鹿的影子都没能见着。

　　与此同时,里奥、法尔考、阿尔巴和布鲁戈负责为族群寻找其他食物,但他们只抓到了一双野兔和几只老鼠,只够族群勉强充饥。凛冬将至,再逮不着鹿,他们的日子就过不下去了。

　　老灰和塞尔瓦仍留在锡比利尼山脉的山脊上放哨,这是河谷和特纳河的分水岭。

　　塞尔瓦愁容满面。鹿鸣声听起来更加虚无缥缈了。

　　"它们已经深入乌罗的领土腹地了。"忧心忡忡的塞尔瓦说道。

　　老灰凝视着庞大的波维山:"我真嫉妒他。"

　　"谁,乌罗吗?"

　　"他的血脉在他所统领的狼群里生生不息。"

　　塞尔瓦的鼻子凑近了她的配偶。

"再回过头来看看我沦落到了哪种田地。"老灰继续冷冷地说道,"我们族群里的雄性我又能指望得上谁?是饱经风霜的老家伙,还是来自乌罗族群里的夹尾狼,或是被收养的总是不听我的话的家伙,"他的目光又暗了下去,"而且今年又只生了一个。"

塞尔瓦内疚地低下了头。

"就是因为咱俩的孩子太少了,我才不得不接纳杰玛和里奥,还有布鲁戈那傻子。"老灰神情严肃地盯着塞尔瓦,"你知道我对你的感情……但是如果明年春天你不给我多生几个健康的小崽的话,我就不得不选另一匹母狼做伴侣了。"

塞尔瓦怅然若失。生育率持续低迷,现在食物也没了着落,她更加没有安全感了。她变得紧张兮兮、闷闷不乐,感到自己在族群里地位不保。老灰刺耳的话令她陷入了惶恐。

"这又不是我的错,"她抗议道,"是月亮在跟我们对着干。"

"别胡扯!"老灰冷冷地打断她,"你是希望月亮完全抛弃我们吗?"

这时,杰玛和小刀巡逻归来了,她们沮丧的表情说明了一切。不一会儿,其他人也回到了洞穴。他们捕获的田鼠填不满法尔考和阿尔巴的碌碌饥肠。

狼群等待着老灰做出决定。这个决定并没有让他们久等。

"等待的时间结束了。"领头狼庄严地宣布。

法尔考竖起耳朵,满心希望地瞥了一眼波维山:"我们要把鹿群赶回来吗?"

"不。即使你决意触犯法规,这群鹿也已深入乌罗的领土腹地。我们不能指望悄无声息地过去,不被发现。对于波维山的狼群来说,这是一份意想不到的礼物,他们显然不想接着过在陡峭的山岩上猎杀羚羊的日子。如果我们入侵他们的领地,我们必定有去无回。"

"那么爸爸,我们能做什么呢?"阿尔巴问道。

"我已经决定了。我们去抓人类养的小牛。"

"什么?!"里奥惊呼。

老灰瞪了他一眼:"轮到你对我发号施令了吗?"

"与其被人类开枪射死,我还是更愿意死在乌罗的利齿之下。"

"我当然也不想找上他们,"老灰说,"但在高高的山脉上的牧场里,有人片人片的牛群。那些放养的奶牛,到了晚上人类也会把它们留在外面。只要我们吃得骨头都不剩下,他们就注意不到有头小牛犊失踪了。"

法尔考的眼睛亮了:"啊,这没问题!我饿得连牛角都能吃掉。"

"那就这么决定了。"老灰说着,神情严肃地瞥了一眼里奥。里奥垂下眼帘,回到队尾。

他们穿过山谷,来到一片平静如镜的水面前,那里由两个椭圆形洼地组成,中间由一条浅水渠相连。人类称之为彼拉多湖。根据民间传说,在古罗马时代,本丢·彼拉多被处死后,其尸体被装在一个麻袋里,扔在牛车上,注定要永远漂泊,不得安葬。但是最后,牛车在这片湖水前停下了,这里因此变成了他的墓地。

人类的传说还说到,湖底有一条裂缝直通地狱。因此,中世纪期间,欧洲各地的女巫和术士经常光顾此地,以至于宗教当局下令封禁此地,并在山谷口放了绞刑架,以此警告违法闯入者。

这都是人类口口相传的传说，比起吃肉，他们更喜欢说故事。这些传说沿着湖滨流传，却传不进狼群的耳朵里。在这些水域，当微风在蓝白色的水面上吹出涟漪，狼群只会追逐阳光下的粼粼波光。在最受保护的地区，山脉的清晰反射令人错以为世界就此颠倒，这里，一切皆有可能。不付出任何代价就从人类那里偷小牛也是如此。

狼群停下来饮水解渴。从远处看，他们是埋没在灰色巨石中几乎看不见的灰影。

"奶牛正在山脊那一侧吃草呢，"老灰说，"你听到它们脖子上的铃铛声了吗？我们可要让它们好好地响一响了。"

第六章

狼群到达山顶,小心翼翼地探出脑袋。奶牛们正在奇迹崖上吃草,这里百草丰茂,生机盎然。它们缓缓地咀嚼着鲜美的青草,又富有节奏感地慢慢反刍。

看着眼前这一顿诱人的大餐,法尔考难以自持。他那滴着口水的舌头都快垂到地面上了。

"它们是怎么受得了脖子上铃铛发出的噪声的?"阿尔巴很纳闷,"现在我明白它们为什么都这么蠢了,这叮叮当当的,换成是谁都能被震傻咯。"

"首先要做的是将它们包围起来,"老灰将她的思绪拉回来,下达命令,"阿尔巴,你沿着那道山沟下去,到下面那块大石头,突然现身吓它们个措手不及。然后把它们往高处赶,先耗尽它们的体力。"

"然后呢?"布鲁戈插话。

"然后我会选择狩猎目标。"

按照老灰的指示,阿尔巴匍匐到了那块大石头后,然后猛扑向牛群,一边咆哮着一边在山坡上跑着"之"字形,试图把所有的奶牛向一个方向赶。但这些外表温和平静的动物实际上生性好斗。它们并没有仓皇逃窜,而是大牛小牛纷纷朝一处聚集。眨眼间它们围成了一个完美的圆圈:小牛们被围在中心,而牛妈妈们在外圈,牛角朝外。

狼群奔跑着将它们团团围住。杰玛向一头母牛发动攻击,劈头盖脸地冲它一阵咆哮。但牛群的御敌系统并不会轻易被击破。这是一道由牛角、哞鸣和震耳欲聋的铃铛声垒成的铜墙铁壁。

困于僵局,小刀气急败坏地靠近,甚至想去咬一头牛的蹄子。牛角朝她的身侧一顶,让她结结实实地飞了出去。

里奥被吓呆了。小刀在空中滑行,然后重重地摔在了地上,爪子以一种不自然的形态弯曲着,她痛苦地发出了呜咽声。里奥就在她旁边。这时,另一头母牛离开了圈子,低着头直奔里奥猛烈冲来,里奥晃身躲过利角,并咬住了它的喉咙。它发出一声痛苦的哞鸣。另外两头牛冲向里奥,后者不得不松开猎物,以免被牛角刺伤。老灰锁定了一头小牛,试图从唯一的缺口钻进去,但其他母牛迅速缩紧队列,封住了缺口。与此同时,小刀站起身,踉踉跄跄地跑远了。

其他的奶牛低着头发起猛攻。

"撤退!"老灰叫道。

狼群放弃作战,朝奇迹崖的顶峰逃窜。远远地,牛群朝他们发出充满嘲讽意味的哞叫。

"谁能料到会这样啊?"杰玛喘着粗气,久久不敢相信那些笨重的草食动物竟会如此负隅顽抗。

"幸好鹿群组织、纪律一般。"小刀舔着爪子,痛苦地说。那头牛更多的是用鼻子顶到了她,牛角没有伤到她太多,所以没有给她留下明显的伤口，只有几处凹陷和一处轻微的扭伤。看着她还算安好，里奥松了一口气。

当其他狼沮丧地看着慢慢回去接着吃草的奶牛时，老灰凝视着平原。确切地说，是失落平原上精确的一点，是那片草坪一直延伸到山脚下的卡斯特卢乔村。

里奥注意到了，他追随着老灰的目光看到一群羊。

"别告诉我你是在想……"他开口道。

老灰并没有理会他，问道："法尔考，你看到那里有几只牧羊犬？"

他的儿子注视着羊群，并回答道："一个人，两只牧羊犬。"

里奥抗议道："老灰，你应当非常清楚，如果攻击牧羊人和他的牧群，我们会惹上大麻烦的！"

"人类不能拿我们怎么办。你忘了我们现在是在自由区了吗？"

"我当然没忘，但是那片平原是危险的地方。你不记得当年我的族群发生了什么吗？"里奥反驳道。

"闭嘴！"老灰冲他咆哮，"我们这就下到失落平原去，抓一头羊。里奥，这是命令！如果你想发号施令，那就去组建你自己的族群，或者公开挑战我！"

老灰挺胸扬尾地直面里奥。他咆哮着，低沉的声音震颤了空气。根据狼群的规矩，这时里奥理应垂下尾巴，弓着背以示顺从。但这一回他什么也没做。他盯着老灰的眼睛，他的心跳得飞快。这是他第一次对抗这个铁腕领导。

其他狼保持沉默，等待战斗。每当族群里有狼对领袖发起挑战，一场恶斗就在所难免。

这回是小刀出面缓和了紧张的氛围："如果这时候我们还在内讧，就彻底完了。我们必须保持团结。"

里奥无奈地看着她：小刀蜷着爪子，略微抬离地面。显然她的爪子依旧很痛。他现在不能离开她。

"除非小刀不参与这次袭击，我才会来。"他最终表态。他惊讶于自己在她面前公开说了这些话。这听起来或多或少像是爱的告白。

"我……我很好。"小刀尴尬地结结巴巴，"我还可以参加狩猎。"

"不，你别来了，"老灰命令道，他听从了里奥的要求，"你和安布罗待在一起，必要场合参与就够了。但我想不会有什么'必要场合'的。"他自信满满地加了一句。

"我们该拿牧羊犬怎么办？"布鲁戈心怀疑虑地问道，"我们必须杀死他们。"

安布罗从他的小憩中醒来："是什么颜色的牧羊犬？"

"黑色。"

"那他们不会给我们带来大麻烦的，"老安布罗说，"他们不是白色的牧羊犬。那些才是真的危险。"

"管他白狗黑狗，狼都不应该怕狗。"老灰说，"话说回来，安布罗，你能给我们什么好建议吗？在你的时代，狼都会捕食绵羊的，不是吗？"

安布罗昂首挺胸，为能够提供帮助而感到自豪。"你说得没错，尽管那已经是好多年前的冬天了。说起建议的话我可以献上这么一条：在夜间或者雾气大的时候发动进攻。"

"我是向你寻求建议，不是叫你许愿。今天没有雾，我们也等不到夜里了。牧羊人很快就会把羊赶回村庄，并像每天晚上那样将羊圈关上。"

"那我们必须声东击西，"老狼建议，"我们中的一个把狗从羊群那里引开。如果牧羊人没有步枪，剩下的就容易了。"

"我没看到步枪！"法尔考断言道。

"那就这么决定了。"老灰宣布，"跟我来。"

第七章

　　人类将这里称之为马切塔。这里是阿根特拉山绿草如茵的山坡上的一个由山毛榉树构成的小岛。在这片距离失落平原不远的高地上,狼群可以一直暗中观察羊群,不被发现。

　　"我们就在这里一直等到它们到达那个山谷。"老灰下令。

　　"那么让我们先休息一下,"杰玛在落叶上舒展了一下筋骨,"它们还有一会儿才能进入我们的攻击范围。"

　　羊群在平原上安静地吃草,向南边缓慢移动。无须法尔考犀利的眼神就能看见,放羊的只是一个小男孩。他躺在草地上,帽子的遮阳板遮住了眼睛。每当羊群前进一点,少年就会疲倦地站起来,晃到下一个歇脚处,然后像一袋石头一样重重地躺回地面上。

　　"这么看来这小子不算机灵。"里奥凑近站在一棵山毛榉树荫蔽下的安布罗,自我安慰道。

　　"没错。而且他的牧羊犬不在身边!"老狼观察道。

　　实际上他的两只牧羊犬,和好好放哨相比,还是更喜欢呼呼大睡。话说回来，距离上一回狼袭击大平原上的羊群已经过去许多年了。

"和我说说白色牧羊犬的事情吧，"里奥突然说，"我们为什么要怕他们？"里奥喜欢听老狼讲故事。虽然在如今的族群里，老安布罗的存在感稀薄。但是他的记忆里装满了往日的趣事逸闻。

"这些可都是强劲的对手，"安布罗说，"身强体壮，意志顽强。他们比起人类更能保护羊群。他们就像我们一样，也是有组织有秩序的族群。他们的族群里会有一只扮演哨兵的角色，站在远处站岗放哨。当我们狼群发动袭击时，他会发出警报，健壮的雄犬前来应战，雌犬和小狗留下来保护羊群。他们对我们的把戏了如指掌。他们不惧怕战斗和死亡。"老狼叹了口气，"但是白色牧羊犬的血脉逐渐衰颓了。事实上，他们现在可能已经完全消失了。"

里奥很惊讶地看到，老安布罗看起来对此怅然若失。这是他第一次听到一匹狼对狗表达敬意。狗通常被认为是人类的奴仆，他们出卖了自己的野性，以换取一碗肉和一个安全的窝。

得益于里奥的发问，记忆就像泉水一样从安布罗的脑海里不断汩汩涌出。

"曾经，狼群与白色牧羊犬之间可是有过交易的。"

"还有过交易？"里奥惊讶地复读了一句。

"没错，我知道这放在今天难以想象，但当时事实确实如此。每年冬天，人类将羊群赶向绿草长青的南方。白色牧羊犬忙着看住所有的绵羊，而我们也没少给他们添乱，"他冷笑了一声，"我们夜以继日地盯着他们。我们打了好多场阵地战，双方死伤都很惨重。最后双方的首领达成了一致：在白天，我们对羊群发动猛攻，狗把我们赶走，好向他们的主人邀功。但其实这是一场相当默契的合作，全都是演出来的！"

"那狼们赚到了什么呢？"

"那就简单咯：在夜晚或有雾的日子里，狗任由我们偷偷掳走一些绵羊，睁一只眼闭一只眼。"

"那人类不会注意到吗？"

"今非昔比咯。那时候这片山上到处都是绵羊。到处都是羊群。尤其是在牧群迁徙的时候，牧羊人都数不清自己有多少羊了。"

"和狗做交易……"里奥喃喃自语地重复道。

安布罗轻笑起来。"这听起来就面上无光，是吧？好吧，也许你也有道理。但是你要知道，对我们这些老家伙来说，对青春的怀念让羊羔在我眼中变成了骨头。"

老灰的声音把他们拖回到现实。"就是现在了。"

羊群靠近了。狼群离开了山毛榉树的荫蔽，在草丛间匍匐前进，一路来到平坦的失落平原之上。广阔平坦的土地上仅此一处轻微的凹陷。完美的埋伏点。

狼群又得倚仗阿尔巴的速度了。

"姐姐，你可要好好展现出自己的吸引力哦！"法尔考不忘拿她逗趣。

"吸引谁，狗吗？真恶心。"

"加油，我的女儿，"塞尔瓦说，"愿月亮保佑你。"

"愿她的光芒照在你们身上。"阿尔巴回应了一句，悄声溜走了。

夕阳下，一道灰色的闪电在两只牧羊犬跟前飞驰而过。片刻的失神之后，他们开始狂吠。那个年轻的牧羊人急忙摘下他的遮阳帽。阿尔巴在狗的跟前跑来跑去,摇着尾巴,看着像是同他们嬉闹。紧接着她一跃而起,诱使他们追捕自己。年轻的牧羊人跳了起来,揉了揉眼睛。他从未这么近距离地看见过狼。狗不顾主人的命令,跟在阿尔巴的身后就跑了。他们跑得很快,越追越紧。阿尔巴几次转头看他们。当他们就要追上时,阿尔巴使出全力迈开她敏捷的爪子。不一会儿,她又把他们甩在了身后。

牧羊人试图追上他的狗,他大叫着并对他们发号施令。但是没过一会儿他不得不停了下来:他喘气喘得好似拉风箱。就在这时,他听到身后传来了羊群的惊叫声。

羊群被敏捷跃动的灰色身影包围了,四处乱跑,乱成了一锅粥。少年朝羊群走了几步,挥了几下手杖。但是他很快停了下来,因为他的腿抖得不听使唤。最终,他转过身,头也不回地奔向卡斯特卢乔村。

他一边跑一边徒劳地呼唤着他的狗。他们已变成了平原上的两个黑点,正竭尽全力地进行一场注定无获的追捕。

第八章

一只绵羊被重重地摔在地上,它身上的羊毛已染上斑驳的血迹。

老灰喘了口气。

稍远处,布鲁戈和里奥因筋疲力尽而放弃了猎物。这次狩猎已然很成功。他们杀死了三头羊,牧羊人逃走了,他的两条狗不知所踪。

"看到没有?"老灰满心欢喜,"易如反掌。"

战利品多到已经没有必要遵照等级制度依次进食了。

"我看你也不是吃不惯绵羊肉嘛。"老灰不忘对里奥冷嘲热讽。里奥没有回答,继续闷头吃肉。他知道这顿饭使他付出了高昂的代价。

"也给我留一口啊,你们这些贪吃鬼!"一个声音高喊道。

"阿尔巴!"

敏捷的阿尔巴钻进马切塔的阴影处。族群中的母狼们为她留了丰盛的一餐。铜黄色的枯叶铺成的毯子上,灰色和银色的身影欢腾跳跃。

塞尔瓦舔了舔她的嘴："干得漂亮，我的女儿。"

阿尔巴躺在地上，剧烈地喘息。把两条狗甩掉之后，她绕着失落平原跑了一大圈。

"可怜的家伙，我差点就要同情他们了。"她说，"我把他们丢在平原另一侧的山丘上了。我最后一眼瞥见他们时，他们已经累得舌头舔地了。"

小刀从一头羊身上撕下一条腿，献给了她。

"现在好好享用吧，这是你应得的。"

失落平原之役过后，锡比利尼山脉的狼群过了几天好日子。他们的肚子胀得不得不躺着睡觉，而不是像往常一样蜷缩成一团。此外，吃饱喝足也缓解了他们紧张的情绪。

不过，里奥感到不安。他脱离了大部队，躲在山顶附近的草丘上。冷风催生着他秋冬季御寒用的厚厚皮毛，树叶的呼吸变得慵懒困倦。微风裹挟着他的思绪，吹得远远的。

"原来你在这儿！"

小刀的声音唤醒了他。

"你的爪子怎么样了？"他问她。

"好多了，谢谢你。"她凑近里奥，"那你的脖子呢？"

里奥经历把一头羊从失落平原拖到马切塔的浩大工程，到现在肌肉还酸痛不已。"还是很疼，不过没事的。"

"谢谢你愿意参与狩猎。"小刀说。落日的余晖照亮了她那双焦糖色的眼睛，里奥看着一对如同无波古井的深邃眸子，一时间丢了魂。

"你有没有闻过庭荠花的香味？"里奥鼓起勇气开口了。

"庭荠花？"小刀笑了，"我从来没有闻到过。不过我猜那一定很好闻。"

"是的，的确很好闻。"里奥害羞地躲进草丛，仓皇逃走了。他多么希望能和她一起离开这里啊。他成为族群的领袖，由她来做自己的伴侣，终身陪伴在他的左右。

一瞬间，他觉得自己是有能力胜任的。

但是也只有那一瞬间。

在接下来的日子里，锡比利尼山脉的狼群一寸一寸地细细搜寻自己的领地，想找到鹿的踪迹。求偶的季节已经结束，那些大角的雄鹿又变得谨慎而沉默了，因此想要知道鹿群是否已经归来，仅凭听觉是不够的。

"什么都没有。"在湖岔口与族群的其他成员汇合后，杰玛说道。

"我和法尔考翻遍了整个特纳河谷，"里奥说，"一点痕迹也没有。"

"就连东边也是，什么都没有。"小刀嘟囔着。

老灰看起来倒是很镇定。似乎他已经做好了什么决定。

"等不了多久严寒就会从北方的山洞里爬出来，"他发话了，"如果我们不吃得饱饱的来迎接寒冬，大自然母亲也不会怜悯我们。我们必须积蓄体力努力生存下去，直到鹿群归来。"他停了一下，"我们再去抓些绵羊。"

说完这些话，他盯着里奥。里奥甚至没有试图答话。在上一次狩猎成功之后，族群的其他成员都坚定地站在老灰的那边了。

"那咱们就快点吧，好吗？"法尔考喊道，"这天冷得我又饿了。"

很快，狼群来到了马切塔。黄色的山毛榉染上了一层锃亮的铜黄色，树叶像雪片一般从枝头飞走。一条大尾巴松鼠悄悄溜回了它的储藏室。

但是，当狼群在平原上探出脑袋时，等待他们的并不是好消息。失落平原上空空荡荡。即使在最靠近卡斯特卢乔的区域，也不见有羊群。

"你们在期待些什么？"里奥说，"一群牧羊人将自己的羊双手奉上？"

"他们被严寒赶走了，"老灰说，"他们赶着羊群去了村庄南边的大平原。平原中间有棚屋和羊圈。我们上那儿去。"

一听到大平原的名字，里奥打了个寒战。想要回到那里的念头深深吸引着他的同时，也把他吓得不轻。在那个地方，他经历了最无拘无束最无忧无虑的快乐时光，也遭遇了最黑暗最绝望的恐惧。

狼群沿着救世主峰一侧，来到了一个中央凹陷的平原。狼群们将这一大片浅盆地称为大盆。里奥在南部边界巡逻时常来这里。这里是他最喜欢的地方之一，一个芬芳扑鼻、五彩斑斓的乐园。

他们飞快地穿越了峡谷，喀斯特地貌上遍地都是暗藏危险的裂缝，狼群在其间蜿蜒前行。当大地潮湿无风时，大盆雾气氤氲，变成了一个装满牛奶的大碗。

但是这天，风刮得又劲又疾，茂盛的野草随风狂舞。里奥闻到了一系列混杂的气味，这些他都再熟悉不过了：在他脚下，是蓝色风铃草的芬芳；右边是刺蓟的刺鼻气味；稍稍向前，在一道深深的裂缝边缘，是一丛秋水仙，花瓣由白转紫；还有白色的银蓟花，以及最后，在大盆的东边，紫色天竺葵散发着淡淡的香气。一瞬间，他仿佛又变回了当年那小狼崽。

狼群从洼地中走出来，停在一块圆形的山岩上。

大平原横亘于他们面前，那里满是褪色的草丛，羊茅的金色花穗在其间格外耀眼。

那是一片完全平坦的广阔区域，比失落平原还要大得多，坐落于起伏和缓的低矮山峰的环抱之中。

有些地区是人工耕种的，从五月到七月，大平原会披上色彩斑斓的绸缎：扁豆田被芥末花的黄色浸染，香豌豆生长在罂粟鲜红的影子之下，一片矢车菊的花海在小麦田上微微荡漾。如此盛况吸引着成千上万的外来游客前来观赏，里奥也很喜欢观赏，不过只是远远地看。

草场的最南端是梅尔加尼沟，是唯一一块真正意义上的洼地。它宛如一条水蛇蜿蜒在一道草木丛生的峡谷底端。它奔流不息，直到汇入一个天坑，那里每当春日来临便会被冰雪融水所充盈。

里奥远远看着那条巨大的溪流，他的心沉了下去。当他还是荣耀的大平原的狼群里的幼崽时，那里曾经是他和杰玛还有他们其他两个兄弟一起玩耍的地方。一时间，那些快乐时光的记忆围绕着他，温暖了他。那时一切都那么简单又快乐。日子过得如此轻松。

"法尔考，你看到了什么？"老灰的声音将里奥从他的回忆中拽了回来。

"有许多绵羊在南侧，靠近大水沟那里！"法尔考兴奋地回答，"老爸，你说得没错。"

"有人类在吗？"

"我看到有一个在木棚边上。没看见有狗，不过……等等，可能是狗。我……我不知道他们到底是狗还是羊。"

"那你马上就知道了。"老灰说着便动身了，风吹在他的脸上。

第九章

　　锤子重重地将栗木制成的小桩子打入地面。老牧羊人擦了擦额头——尽管天气很冷，但修复羊圈围栏的工作令他挥汗如雨。他不安地环顾四周，心生一种奇怪的预感。他注意到布利也竖起了耳朵，焦虑地扫视着山丘。
　　羊群正在小木屋附近吃着草。歪斜烟囱吐出的烟雾被风吹散了。小屋里传出陶瓷碗具相碰撞而发出的声响。
　　牧羊人拿起他的工具，进屋暖和暖和身子。快到晚餐时间了。

　　"他进屋了，"老灰狯黠一笑，"是时候发动攻击了。"
　　"小心，"安布罗警觉起来，"我虽然只剩一只眼睛了，但用它来看清那两只狗不是笨蛋已经绰绰有余了。"他的声音沙哑破碎，"那是白色牧羊犬。"
　　他没有看错。这种高贵的犬种并没有完全消失：多年以来，锡比利尼山脉国家森林公园实施了一个雄心勃勃的计划，他们采集并选择血统纯正、天性未泯的犬只样本，为的就是将阿布鲁佐地区的马瑞马牧羊犬重新带回到羊群里。保护绵羊是一种减少狼与人之间冲突的方式，在森林公园的许多地区，这个计划都取得了出色的成果。

但这里并非如此。

锡比利尼山脉的狼群并非如此。绝望。饥饿。箭在弦上。

"一派胡言，狗都是一样的。"老灰咆哮。

"你错了，老灰，"安布罗反驳，"他们至死都会保护羊群的。"

"那么就让他们去死！"老灰声如雷鸣，"他们就两个，咱们这儿有九个。况且咱们是狼。"他说着便宜起身于，爪子坚定有力地踩在地上。他散发的强大气场使他看起来有两倍大。但是他的决心并不足以完全说服部众。其他狼心有疑虑地打量着羊群和那两只强壮的牧羊犬。老灰嗅到了他们的犹豫不决。

"你们怎么回事？你们是在害怕那些卑鄙的走狗吗？在绵羊堆里长大的狗，就是羊群的奴仆！看看他们在公羊面前是怎样卑躬屈膝的！就差躺在地上闻他们的屁股了。"他讥讽地笑了。

"我们还有其他选择吗？"小刀迟疑着表达了自己的想法。

"要么生，要么死。这是唯一的选择。"老灰简短地打断了她。"严寒在肆意蔓延，鹿还没有回来。那些羊是唯一能救我们的了。要是获得了正在那儿等着我们的战利品，我向你保证我们会过一个富足的冬天。春天里还能有许多小崽子降生，"他转向塞尔瓦，补充道，"健康健壮的幼崽，也可以吃着绵羊肉长大！然后我们就拥有强大的族群，数量之众多足以向乌罗发起挑战……然后就可以收复我们的失地。"

他的发言结束了，群狼的眼睛里燃烧着火苗。

整个族群都站在他那一边了。

布利伸了个懒腰,他低吠一声试图引起路德的注意。路德坐在距离羊群约二十米的地方放哨,盯着山丘。他没有回应自己的同伴,因为他似乎在下方的草地上看到了什么东西。突然他站了起来,一动不动。一声强有力的吠叫凝固了空气。

下一秒布利就出现在他的身侧,他的眼睛和耳朵直直地对准了一只毛色灰白的动物,对方也直勾勾地盯着他们。

那是狼。

凶猛的吠声和咆哮声划破天际,羊群收到警报,急忙聚集在一起。

阿尔巴在距离这两条大狗约十米处停了下来。她的爪子抖得厉害,但她没有逃跑,她决心采取与失落平原一役相同的策略。

两条狗没有受她蛊惑。他们坚守着自己的位置,继续疯狂咆哮。

收到警报的老牧羊人带着儿子惊慌失措地走出小屋。

阿尔巴继续试图挑衅两条狗:她在草地上撒尿,然后用后爪将潮湿的土块刨得到处都是。

路德无法忍受这般侮辱。于是他冲向了阿尔巴,布利紧随其后,而阿尔巴转头就溜走了。把他们甩掉不难:白狗跑起来比较笨重,速度也相对较慢。

老牧羊人还没有弄明白发生了什么事。随后,他惊恐地看到,在布利和路德无暇顾及的那一侧,一整群饿狼扑进了自己的羊群里。

老灰和其他狼挤入了毛茸茸的羊群。但是布鲁戈还没来得及咬羊的脖子,意想不到的事情发生了。

尖锐的哨音穿透了羊群的咩咩叫。布利和路德停了下来，转过身。与此同时，杰玛看到另一条狗从羊群中走了出来。是一条雌犬。

布利那位凶悍的伴侣直着身子向前面咆哮，另外两条一直藏在羊群中的白色牧羊犬也赶来帮忙。杰玛惊慌失措，惊险地躲过了对方朝着她脖子扑上来的致命一咬。

"撤退！"没等到老灰下达命令，她出于本能地喊道。群狼四下逃窜，除了老灰。

"喂，你去那里！快点！"

老牧羊人发出指令，他的声音和他身后的山脉一样苍老。

白色牧羊犬们在老灰逃脱之前包围了他。就像一支深谙"擒贼先擒王"之道的军队，白色牧羊犬们已经认清了谁是群狼之首，并从各个角度封锁了老灰的退路。

老灰转过身子，试图寻找脱身的机会。在他面前全是带着尖牙利爪的白色巨影。他选择了看起来比较年轻的一只，冲着对方的喉咙扑了上去。但是那只狗浓密的皮毛之下藏着秘密武器：一个带有锋利铁钉的项圈。刺尖扎进了他的口腔，一股暖流填满了他的嘴。老灰惊呆了，呜咽着松了口。他蹒跚了几步，咽下了一大口鲜血。老灰惊恐地意识到，那是他自己的鲜血。

年轻的牧羊人跑进小屋，从金属盒中取出了一把子弹。一支冰冷的步枪枪管从他的小床下面伸出头来。

"快点！抓住他！快快快快！"

新的指令激起了牧羊犬的斗志。路德扑向老灰，他那向前伸去的爪子宛如离弦的箭。

但是有什么东西从后面拽住了他。锡比利尼山脉的狼群并没有抛弃他们的领袖。塞尔瓦的獠牙刺穿了牧羊犬的肌肉，后者没有料到如此奇袭,发出一阵痛苦的呻吟。里奥和小刀全力参战,而法尔考和阿尔巴则四处奔跑以分散狗的注意力,好帮他们的父亲逃出生天。

两只狗露出了破绽,老灰钻到了空子。他挣脱了。

"快走……快离开这里!"他口含鲜血地大喊道。

然而为时已晚。

一声巨响。一颗子弹击碎了老灰的头骨。

老灰瘫倒在地,他的意识随之消散。

老牧羊人的儿子又给步枪上了一颗子弹。狼群风一般地朝山丘逃窜。唯一一个没能逃掉的是里奥,两条狗截断了他的逃生路线。他扑向梅尔加尼沟。正当他没入裂缝中的那一刻,响起了第二声枪响。

里奥险些沿着斜坡滚下来,他感到脚下的草湿漉漉的:在山谷的底部弥漫着水汽。水滴溅落在他的脖子上,打湿了他的脸,模糊了他的视线。霎时间他感觉仿佛回到了过去,回到了他生命的头几个月:与杰玛、斯皮诺和文多在那里互相追逐,一跑就是几个小时,而沟渠里清凉的水缓解了他生命中第一个夏天里那恼人的闷热。

如今,他回来了。他跑到了绿草如茵的峡谷的最南端,突然,天坑出现在他的眼前。

那是一个黑暗无底的深渊。

当他还是个小崽子的时候,他和他的兄弟姐妹们都被禁止去那里。"那里太危险了。"他们的妈妈总这么说。然而,当父母去打猎或者巡视领地时,里奥他们会偷偷冒险,一直走到深渊的边缘。这片地区的居民曾经在这里放置了长长的铁杆,从深渊的一侧延伸到另一侧,以防有人掉入其中。但是季节的流转和水的流动侵蚀了它们。铁杆只剩下了一根，虽然破烂不堪，锈迹斑斑，却也充当了连通天坑两端的桥梁。这是一个陡峭而危险的通道，小家伙们又着迷又害怕地看着它。

"谁能成功通过，谁将来就能成为领头狼。"文多说。

一天，当这只勇敢的小狼将爪子放在铁杆上时，其他小家伙都吓得闭上了眼睛。文多一步接着一步，不低头往下看，成功到达了彼岸。斯皮诺一直要与他的哥哥争高下，所以他接受了挑战，也完成了这个壮举。杰玛也不甘落后，从小她就敏捷而勇敢，她也走到了哥哥们那一侧。

只有里奥仍然在边缘徘徊，无法克服内心那压倒一切的恐惧感。其他狼嘲笑道："那你永远不会成为领头狼了。"

你永远不会成为领头狼。

远处的狗吠声唤醒了他，像一阵不期而至的疾风般吹走了回忆。"快醒醒，蠢货！"里奥心想着，身体紧贴着地面。

一团阴影一直追到沟底，向他袭来。里奥四处张望：侧面的岩壁太陡了，只有羚羊可以爬上去。唯一的出路是沿着那根管子穿越深渊。他犹豫了一下，然后朝着天坑前进了一步。

距离太阳落山已有一会儿光景了，夜幕初垂，沟底半明半暗。深渊在里奥脚下敞开，似乎要把他吞进去。久违的眩晕感使他步履蹒跚。他放弃了。

该死的！

他咆哮着转而面对那个迫在眉睫的威胁。那团阴影离他只几步之遥。

"你在这儿啊，总算找到你了！"

杰玛的声音就像一道穿破暴风雨的阳光。

"我就知道你会溜进这里的。"她气喘吁吁，"现在我们该走了。"

"不！"里奥回答，"我要回去找老灰。"

杰玛摇了摇头："老灰已经死了。我亲眼看着他倒在枪口下。"

"可能他只是受伤了，"里奥坚持道，"我想去看看。"

杰玛让步了。他们俩曲曲折折地撤出了梅尔加尼沟。当平原已经全然被黑暗笼罩时，他们方才小心翼翼地现身。羊群已经被关在羊圈里，白色牧羊犬们都在放哨。

那一刻，一束光扫过他们的头顶。

"帮我把它拉起来。"老牧羊人说。

男人和他的儿子已经把老灰运到小木屋门口。他们绑住了他的后爪，将他吊在支撑住所外墙的金属横梁上。狼的尸体就那样垂着，四个爪子完全伸展开来，比两个牧羊人都高。尾巴的弧度和老灰生前宣告自己统治地位时的姿态一模一样，尽管现在这种姿势只是由于地心引力的作用，但看上去仿佛他至死都没有放弃领头狼的位置。

"给它拍张照要花多少钱？"那个少年说道，"看看这一枪打得……"手电筒照亮了狼头。子弹击中了他的后脑，血液凝结在他的眼睛和嘴巴上。那是一张充满愤怒和讶异的面具。

"拍什么照片！"年迈的父亲脱口而出，"我们还是让它早点消失吧。如果森林公园的人在咱们这儿找到它，咱们就惹上大麻烦咯。"

"但是它先袭击了羊群！"少年抗议道，"而且这已经是这几天来第二次袭击了，在……"

"你要知道，那些守林人根本就听不进我们的话。对他们来说,咱这老实巴交的劳动人民都没那些畜生重要。"

儿子抚摸着老灰浓密又柔软的毛皮。但他突然感到莫名的恐惧,立刻把手收了回去。

"好吧,那我在梅尔加尼沟上挖一个洞,把它扔进去。"

"那就快点挖吧,挖深点,"老者建议道,"带上布利和路德和你一起去。"

第十章

安布罗瘫倒在地,距离洞穴只有几步之遥。他精疲力竭,呼吸困难。小刀靠近他,关切地蹭了蹭他的鼻子。

"好好休息吧。"

"其他狼会怎样呢?"老狼喃喃自问。

"我逃跑的时候听到了枪声。"法尔考惊魂未定地嘟囔着。

"我担心最糟的事发生了。"小刀沉痛地说。

塞尔瓦一动不动地站在悬崖边,凝视着黑夜。

"那些该死的狗不知道从哪儿跳了出来,"布鲁戈咬牙切齿,"要是他们没戴项圈,我们早就把他们……把他们撕成碎片了!"

塞尔瓦僵住了:"有谁回来了。"

两匹狼从阴影中现身,就像幽灵穿过彼拉多湖的黑暗水域,从亡者的国度重返人间一般。

"里奥,杰玛!"小刀惊呼,跑去迎接他们,紧接着阿尔巴、法尔考和布鲁戈也过去迎接他们。安布罗抬起头,很欣慰能看到他们平安归来。

塞尔瓦没有动:"老灰呢?"

"他回不来了。"里奥喃喃地说。

塞尔瓦跳了起来:"这不可能!"

杰玛走近她,轻声细语道:"里奥说的是真的。您的伴侣,我们的领袖老灰……他现在已经在无尽森林里奔跑了。"

"不,这不可能!"法尔考哭喊着。

"唉,他落在了人类手里。"杰玛继续说道,但省略了老灰的尸体像是一头被宰杀的野兽那样被倒挂着的画面,也没有提那些狗一边摇尾巴一边绕着受辱的狼群领袖猖猖狂吠,叫声中满是讥讽。她现在不愿说,以后也不愿再提起。

"可是你们真的确定吗?"阿尔巴绝望地追问。

"夜幕降临后,我们回到了小木屋那里,"里奥说道,"看到其中一个人把老灰的尸体装在……推车上。然后他朝我们走了过来,两条狗跟着他。于是我们从他们的下风处跟着离开了。"

"接着往下说。"塞尔瓦对他说,目光紧盯着虚空中的某处。她的声音变得遥远且漠然。

"那个该死的人下到了沟里,在那里待了很久。等他走了,我们等着小木屋里的灯熄灭了,就爬到了下面。没看到老灰的踪影。但我们发现一处泥土很松散。"

"他们不仅杀了他,"布鲁戈惊叫道,"他们甚至还把他埋了!"

"太可怕了!请告诉我你们做了什么!"阿尔巴向他们哀求道。

"我们当然是把他挖出来了,"杰玛努力控制着自己的情绪解释道,"里奥把他拖走了,我把那个洞重新填上了。人类不会注意到的。"

"你们把他放在哪儿了?"塞尔瓦声若游丝。

"在星空之下。"

"你们确定乌鸦能看到他吗?"

"肯定能的,"里奥说,"明天它们会随着第一缕阳光一起落在他身上。"

法尔考摇了摇头,绝望地跑下斜坡。他一直跑到泉水边才停下来。覆盖在岩石上的苔藓渗出水来,与他一起落泪。

小刀追上了他。

"我知道这很痛苦,我的小家伙,"她轻声说。

法尔考的绝望转而变成了愤怒。

"为什么伟大的大自然母亲会让我爸爸死掉呢?这里不是我们的土地吗?"

小刀迟疑了。"伟大的大自然母亲并不在乎我们。有时候她是慈爱的,但在其他时候,她又很无情。她对个体的生命不感兴趣。大自然母亲只关心如何让一切保持平衡,而我们只是她手中持平衡的工具。我们的喜怒哀乐,对她来说一点也不重要。"

"所以我们孤立无援!"法尔考说。

"不是的,我们并不孤单。月亮永远与我们同在。在狼还没有在星空下奔跑的时候,在人类降临之前,大自然母亲就生下了这一轮皓月。"小刀慈爱地舔了舔小狼的鼻子,"即使有时候你不明白事情为什么会这样,也要知道,月亮会庇护我们。此时此刻,你爸爸在她的光芒里熠熠生辉。"

法尔考将信将疑地看着她的眼睛。

"就是这样的,我敢肯定。"小刀坚持道,"来吧,现在我们一起回洞里去。他们要开始唱挽歌了。"

狼群的祈祷声响彻了锡比利尼山脉顶上空。那是一首缓慢而痛苦的挽歌。哀鸣声沿着草地滑行，消失在光秃秃的树干之间。

不过，他们的声音在消散之前就被特纳山谷之外的几双敏锐的耳朵捕捉到了。

第十一章

天空下起了皑皑白雪。

雪花沿着螺旋形的路线缓缓飘落,法尔考看得入了迷。这是他生命中的第一场雪。下一秒,这突如其来的欢喜抓住了他的心,他开始奔跑,并扑在风为他堆好的柔软又洁白的雪堆上。他的脸上积了薄薄的一层雪,他抖了抖身子,一阵晶莹剔透的雪花簌簌飘落。阿尔巴也很兴奋,欢呼雀跃。法尔考兜着圈子跑起来,然后穿过灌木丛,一跃而出,和他姐姐撞了个满怀。两个小家伙跌在雪地里,爬起后又开始在洁白的山坡上狂奔嬉闹。

"幸福的小家伙,"杰玛叹了口气,慈爱地看着他们,"至少这可以让他们分分心。"

"这场雪是月亮带来的礼物。"小刀抬头看着天空说道。

里奥的目光里满是忧郁:"如果我们有鹿可抓的话,那就更是一份大礼了。"

狼群沉默地看着世界被白色覆盖。每一次呼吸时,呼出的雾气都会恶作剧般缠住一片冰凉的雪花,把它包裹在温暖的怀抱中。

法尔考和阿尔巴精疲力尽地回到成年狼的队伍中间。法尔考突然回到现实,又沮丧了起来,提出了一个一直萦绕在大家脑中,却没人敢提出来的问题。

"接下来谁会成为狼群的头儿呢?"

法尔考还是个小家伙,他不知道除了他的父亲还有谁能胜任。

"这是一个很重要的问题,"安布罗说,"也是一个很艰难的选择。老灰才死了几个小时,但是我们必须赶快决定了。"

老灰是意志坚定,百折不挠的领头狼。虽然有时会有些顽固,但是说到底,大家都尊敬他,爱戴他。他一直为大家引领方向。他总能毫不犹豫地做决定。领头狼必须拥有的品质他都具备:自信,果断,可靠。可是现在他已经不在了,其他狼因此深感迷茫和痛苦。就连里奥也是如此,尽管他和老灰的关系并不算十分融洽,但他也因老灰之死发自内心地感到悲痛。他对人类的恨意尤甚。

群狼面面相觑,都在想谁最适合领导这个族群。法尔考和阿尔巴尽管是老灰的孩子,但他们还太小,又缺乏经验,无法担起领袖的重任。布鲁戈直到几个月前都还是乌罗族群中的一条夹尾狼:他天生就不是当领导者的料。安布罗也因为不言自明的原因被排除了,还剩下里奥和他的姐姐杰玛、塞尔瓦和小刀。

"塞尔瓦原本就是雌性领袖。"里奥最终说道,"我觉得应当由她来发号施令。"

塞尔瓦目光无神地看着他,仿佛里奥的话语是从另一个遥远的世界飘过来的。

"雌性领袖和她的伴侣一起死了。"她用微弱的声音回答道,精疲力竭地瘫倒在冰冷的雪地上。大家都很清楚,这匹母狼现在也无法胜任狼群的领袖。

"我想表达一下自己的想法,"杰玛说,"我觉得里奥应该成为新的头儿。他不一直是雄性中的二当家吗?"

其他狼纷纷露出赞同的神色,发出首肯的低吠。

里奥深感自己并不适合,但又渴望主宰自己的命运,这两种感觉包裹着他,撕扯着他,令他深感紧张。如果他不再是普通成员,而是狼群的一把手,他将会拥有属于自己的伴侣。他的目光落在了她那满是温柔与睿智的眸子上,落在了她银色的毛皮和身侧铜黄色的细细条纹上。

里奥成为领导者得益于老灰的离世,这种方式似乎并不体面。但他还有选择吗?他闭上眼睛,长长地呼出了一口气,与此同时其他狼还在劝说他接下重担。他们的声音似乎飘得很遥远,他发现自己再次回到了梅尔加尼沟,天坑横在他面前,文多和斯皮诺正敦促他克服内心的恐惧。

"你们将由我来引领。"设法打消了内心的疑虑后,里奥最终宣布道。

狼群离开洞穴,从山上下来。每年冬天开始下雪时他们都会这么做。随着白雪越积越厚,山坡上时有雪崩发生。去年的一场雪崩甚至堵住了洞穴的入口。但是雪也被认为是天降福运,因为它为猎鹿带来了极大的便利。

狼群排成一列,优雅而曲折地前行,踩着相同的脚印,轮换着当领队以节省能量。他们来到一个小小的岩石覆盖的低洼处,那里有一丛年轻的山毛榉林,在它的庇护下族群能免受风吹霜冻。

"黄昏之前我们先在这里休息。"里奥下达命令。

"然后呢？"布鲁戈问道，心生不祥的预感。

是时候了。里奥必须像领头狼那样做出他的第一个决定。现在，他与同伴的生死就在他的一念之间。他想了又想是否还有其他选择，但是他越是绞尽脑汁，越是清楚地意识到只有一个办法可以帮助他们度过严冬，并且这个方法需要打破狼的法则中最重要的一条。

"等天黑了，我们去乌罗的领地内发动一次袭击。"

里奥还没说完这些话便意识到，如果是老灰做出这个决定，他肯定会反对。他本该遵守古老的法则，捍卫自己的尊严和荣耀。然而，既然他已经成为领导者，族群的重担便迫使他放弃了自己的原则。他感到羞愧难当。

"鹿是我们最后的希望。"他补充道，像是在说服自己。

狼群又累又饿，只能顺从地接受了指令。饥寒交迫，过不了几天他们都会死。他们还要冒着被乌罗截击的风险。布鲁戈也明白这一点，但他什么也没说。

温度骤降，大雪纷飞，在这个海拔也是如此。风裹挟着严寒从白雪皑皑的山峰上刮下来，刺痛着狼的鼻子。狼群在地面上各自躺下，蜷缩成一团，尾巴挨着鼻子，很快就陷入了不安的睡眠。

唯一一个睡不着的是里奥。寒风怒号，他不由得联想到波维山上冲下来几个可怕的灰色身影。

几个小时后，锡比利尼山脉的狼群身上盖着一层白雪，看起来仿佛一张白色地毯鼓起了八个白色小丘。他们做好了抵御严寒的准备。他们的皮毛由两层组成：外层是又长又浓密的毛发，可以保护他们免受寒风的伤害；里层和羊毛类似，充满了油性物质,将皮肤与水隔离开来。

当光线开始从山上溜走时,法尔考被肚子的抗议声叫醒了。他四肢着地站起来,抖落了背上的积雪。他叫醒了睡在他身边的阿尔巴,然后是杰玛。杰玛伸了个懒腰,打着哈欠,伸出了粉红色的舌头。

很快,狼群聚集在里奥周围,低吼着,轮番上前舔他的鼻子,就像他们一直以来向领头狼表达敬意和忠诚时那样。这对里奥来说是第一次,让他感到有些尴尬。

"安布罗,快醒醒!"法尔考冲着地上剩下的最后一个小丘说道。他小心翼翼地将爪子探进雪里,想要唤醒他的同伴。但是他的肉垫碰到了又硬又冷的东西。一时间,他还以为自己撞到了一块巨石。他心生不祥的预感,急忙刨开雪。

"快来,快!"他哭喊道。

里奥三步并作两步地跑到他的身边。雪里露出了老安布罗的皮毛,灰色之上燃着棕褐色的火焰。皮毛之下的躯体已经变得僵硬而冰冷。

严寒无声地带走了老安布罗,没有丝毫怜悯。

"怎么他也……"阿尔巴喃喃说道。

"月亮,我们对你做了什么,你要如此对待我们?"里奥抬起头,冲着白色的天空咆哮。杰玛走近安布罗,将额头靠在他那再也不会转动的脖子上。她觉得这个冬天是极为不幸的,祈祷也毫无意义,神明对她的祈祷充耳不闻。

锡比利尼山脉的狼群似乎受到了诅咒。

狼群在老安布罗的尸体旁边待了很久,谁也说不出话来。他们回想他的一生,有战斗,有冲突,有胜利也有失败。即使他最终沦为了一条夹尾狼,他也带着荣耀和自尊度过了这一生。

"我们甚至不能为他唱挽歌，"小刀心怀恐惧地打量着波维山，悲伤地说道，"他们会听到我们的声音。"

"让乌鸦带走他吧，"里奥说，"我们去抓一头大鹿献给他向他致敬。"他试着鼓舞士气，这时候他需要的是比其他任何狼都要多的勇气。

狼群开始行动，与此同时飞雪已经为老狼的尸体铺上了一层冰冷的被单，将他包裹在雪白的棺材中。

当他们来到特纳河的源头附近时，雪停了。

在溪涧的另一侧就是乌罗的领地了。

越过边界之前，里奥转向了两只小狼。"阿尔巴，法尔考，你们最好还是留在这里。"但是他立刻后悔自己说了个"最好"——成为领袖，他必须学会果断地做出决定。

"我不想留下来！"阿尔巴回答，"我马上就要成年了。要是您真不想让我来，就用绳子把我拴树上吧，就像人类对狗那样。"

"我也要去，"法尔考说，"否则我姐姐到下个冬天都会把我当个小崽子耍。"

他的声音如此轻快，以至于里奥并没有因为这样一次小小的反抗而感到受冒犯。他只是瞥了一眼溪流对岸，穿了过去，然后前进了几步，侧耳倾听。

溪流似乎也停止了，只是水声依旧喧腾。里奥等着对面的树林里跳出一群狼，雪崩似的扑过来。

但是什么也没有发生。月亮在云层中探出脑袋，在那片洁白的雪地上画出了狼的影子。假如没有致命危险的威胁，那会是一个迷人的夜晚。但是现在，这种威胁感如影随形。还没有狼能够在入侵乌罗的领地之后活着出来。

其他狼也过去了,一个接一个地溜了过去。在队尾,布鲁戈犹豫了。他上一回越过这条溪流时,走的是与现在相反的方向,那时他向自己发誓,以后再也不会踏进波维山半步。他倒不是害怕波维山的领头狼,相较而言,关于乌罗的得力助手费罗的记忆才更加折磨着他。当布鲁戈还是个小崽子的时候,费罗就不断地虐待他,拿他撒气,在他身上发泄了自己所有的挫败感和他那压抑已久的野心。直到最后一次激战中,布鲁戈反抗了,打伤了他身体一侧,给他的身体留下了永恒的印记。要么逃跑,要么死亡。

布鲁戈把这糟糕的回忆扔在一边,也越过了边界。

他们登临了一道狭窄的山谷。里奥在风中嗅了嗅,想寻找一条能将他们引向鹿群的踪迹。"下雪了,它们不可能在高处。"

随后他们听到了脚步声。是爪子踩进雪里的声音。数量众多,速度很快,正从高处向他们走来。

锡比利尼山脉的狼群乱成一团。

"他们发现我们了。"法尔考小声说道。

"该死,他们在等我们!"杰玛咒骂道。

里奥嗅了嗅空气,闻到了明显的气味。他的眼睛闪闪发亮。

他立刻带领狼群进入附近一道在岩石间打开的溪谷。狼群滑入那道狭窄黑暗,仅几步之宽的缝隙。他们一动不动地待着,侧耳倾听。

声音越来越近了。那是一曲脚步与被踩碎的树枝编织而成的交响乐。

突然,一头雄鹿伟岸的身影出现在他们藏身之所的前方。法尔考露出了他的獠牙,向前迈了一步。但是里奥急忙横在他身前,阻止了他。雄鹿继续向下方行进,身后跟着很多鹿。还有更多。整个鹿群从他们面前经过：它们正在返回锡比利尼山脉！

当最后一匹猎物经过他们之后，里奥从缝隙里探出脑袋，其他狼也纷纷效仿。狼群蹑手蹑脚地跟在鹿群后面，安静得仿佛飘在雪地里的影子。当他们看到最后一头鹿穿过了溪流，里奥发出了信号。

狼群呈扇形散开了。尾巴抬起，耳朵朝前。狼群像雪崩般地扑向鹿群。鹿沿着白雪皑皑的草地飞奔，然后跃进树林。狼群飞身跃过小溪，飞溅的水花宛如夜晚的珍珠。他们一路追赶着猎物，将他们赶向锡比利尼山脉的腹地。

一头笨重的雄鹿被同伴落下了，在深雪中蹒跚前行。里奥注意到了他，并锁定了目标。宽大的狼爪能让他们在结冰的雪地上轻松行走，他们行动得敏捷又迅速，没过一会儿，那只大角鹿就被狼群包围了。

雄鹿气喘吁吁，口鼻朝上，眼神里带着疯狂。月亮在它的角冠上闪耀。就在这时，狼群封锁了猎物周围的包围圈。布鲁戈一口咬在鹿的大腿上，迫使它受到刺激转过身，想用鹿角刺狼。这正是里奥等待的机会。领头狼一跃而起，扑向猎物的脖子，挣扎的声音在被冰雪覆盖的光滑树干上空响起。里奥上颚发力，獠牙深深刺入。

鹿倒下了。

当狼群风卷残云以充饥肠时，里奥看着小刀的眼睛。母狼琥珀色的眼睛也看向他。

锡比利尼山脉的狼群有了新的领袖。

而小刀会成为他的伴侣。

第十二章

几周后,冬天意外地给了他们一个喘息机会。山峰依旧紧紧地戴着他们闪闪发光的白帽子,但是其他地方的雪几乎都融化了。微暖的风吹过橡树,吹得依旧没离开树枝的枯叶簌簌作响。草地上反常地开满了花朵。

随着突如其来的冰雪消融,锡比利尼山脉的狼群继续把地狱峡谷当作狩猎的陷阱来使用。尽管里奥从未喜欢过这种狩猎方式,但是为了族群的利益,他仍然选择了这一卓有成效的策略。

现在由他来指挥战斗,而升格成为雄性中的二当家的布鲁戈则在法尔考的协助下,在峡谷进行伏击。鹿群回到锡比利尼山脉区域后,再没有表现出想要离开这里的迹象,比起波维山,这里的冬天阳光更加充足,草场也更加肥美。里奥和他的部众仔细规划着狩猎路径,想让鹿群远离乌罗的领土。

在经历了哀悼、严寒和饥饿之后,这段晴朗安逸的日子让狼群重新找回了往日的欢愉,他们又开始嬉闹玩耍了。娱乐通常会在两次狩猎之间的休息时间进行。挑头的永远是法尔考。他轮换着选择一匹成年狼，突然蹲在他的面前，张开前爪向前伸展，压低脑袋，抬起屁股。这时候混战便开始了。群狼疯狂乱跑，追逐打闹伴随着尖叫和装模作样的咆哮。有的时候，小家伙会叼起一根树枝逃跑，然后其他狼上前追他，试图从他的嘴里把树枝抢过来。热火朝天的拔河比赛由此展开，树枝终于难堪其重地从中间断裂了，两端的竞争者四仰八叉地倒在了地上。

只有塞尔瓦待在一边。她很高兴看到自己的孩子重新快乐起来，并且似乎对于失去雌性领导者地位一事并不在意，只是……只是她仍不能摆脱寂寞感，无法摆脱老灰的离去后留下的漫长思念。

甚至连狼群的叫声也悄然改变了。自从里奥成为狼群雄性中的一把手之后，他的嗥鸣变得更加深沉，充满了忧郁和苦痛。这旋律令狼群震颤，仿佛一曲来自尘世以外的交响乐，在这些山脉之间前所未闻。

乌罗坐在远处的岩石上，心情糟糕透了。

波维山的巢穴里鹿骨遍地，在雪的侵蚀之下褪去了颜色。乌罗本应该为此高兴：这些都是他的部落捕获的猎物。但是他看上去并不满意。

由于鹿群已经回到锡比利尼山脉，乌罗的族群不得不重新开始在陡峭的石坡上猎杀羚羊。但是想抓到这些飞檐走壁的家伙并不容易，它们总是无惧脚下的深渊，做好了随时逃到峭壁石块上的准备，那里狼群根本无法企及。

他的家族由十二匹狼构成，等明年春天来临，他的伴侣将会给他带来更多的孩子。乌罗恼怒地眯起了眼睛。这块领地里狼太多，猎物太少。

费罗打断了他的想法。"尊敬的乌罗,"他一边夹着尾巴走过来,一边说道,"我能问问是什么让您如此不安吗?我看您……忧虑的样子。"

"我就直说吧,"乌罗说,"尝过鹿肉后,再回过头抓羚羊就不容易了。而且眼见着族群里又要添新丁了。"

"哎呀,我正想找您谈谈这事。"费罗眼神闪烁地说道,"我想现在正是开疆拓土的好时机呀。"他侧眼瞥了一下锡比利尼山脉。

乌罗惊讶地打量着他。看来费罗已经读懂了他的心思。

"我指的是锡比利尼山脉的领土。"

"这我明白,"乌罗回答道,"你是在建议我违反古老的法则吗?"

"法则里还说了,族群的利益高于一切,"费罗狡猾地回应道,"而说到我们族群的利益,那里不正是一片更广阔的领域吗?"

乌罗掂量着他说的话:"那老灰可是个劲敌啊。我们虽说数量上占优势,但要征服锡比利尼山脉也不是件易事。"说着他看了一眼他的部众。波维山的狼群正在岩石间休息,享受那早春的温暖。两只年轻的狼正在争夺一条狗的股骨:前一阵子,两只流浪的野狗赶着鹿群进入了他们的领地,这是其中一只狗的骸骨。另一只被吓跑了。

"毫无疑问老灰是块硬骨头,"费罗表示同意,"但是现在,我们也许应该说他'曾经是'。"

"接着说下去。"领头狼敦促道。

"哎呀,我前些日子去我们领地的南部边界巡逻。在泉水附近的幽暗山谷下面,雪还没有融化,我只数到了七匹狼的足迹,清清楚楚，真真切切。"

"然后呢？"

"然后，闻不到老灰的味道。"

乌罗的嘴半开半合，全神贯注地听着，喃喃自语道："不久之前，风从锡比利尼山脉刮来了狼嗥。确实没有在其中听到老灰的声音。甚至也没听到他们上一任领头狼的声音。"

他对安布罗的记忆仍然鲜活。乌罗还年轻时曾在一场边境纠纷中与他发生正面冲突，直到现在他身上还带着那时的伤疤：一条长长的疤痕在他的吻部横向切开，从一只眼睛到嘴巴的一侧。

"然后现在该算账了。"费罗咧嘴一笑。

乌罗在岩石上直起身子，凝望着锡比利尼山脉尖尖的峰顶。

他的眼神里闪烁着贪婪。

第十三章

黎明被雨淋湿了。

小刀和杰玛每天都面朝着北部边界。浓密的水蒸气沿着溪流上升,而青苔在潮湿的巨石上打着哈欠,被清晨的雨露唤醒。

两匹母狼在一块岩石下的水池中喝水。

"你看到这几个月法尔考长得有多快吗?"小刀说。

"是呀,他会成长为一匹强壮的狼的。很快我们将不得不重新评估他在族群中的等级了。"杰玛叹了口气,"你知道吗?我很难过我们的族群里不再有小崽子了。"

"哦,等不了多久就……"小刀喃喃说道,"如果月亮想要的话。"

杰玛惊喜地盯着她:"你是说你和里奥……"

如果狼会脸红的话,小刀此刻一定羞红了脸:"我怀孕了,没错。"

"真是个天大的好消息!"里奥的姐姐喜出望外,"等我回到洞穴,我可以告诉他们吗?"

在那一刻,一声狼嗥从山谷的地面上升起。

这声呼叫带来了不属于这个族群的狼的气息。

"是谁胆敢闯入我们的领地?!"杰玛惊呼。

小刀保持沉默,仔细听着。紧接着又响起了一声新的狼嗥。

"他可能是一匹孤狼,正在试图加入新的族群。"小刀大胆猜测。

杰玛回想起当她和里奥第一次出现在老灰面前的时候,他俩都还是精疲力竭、营养不良的小崽子。他们趴在老灰的脚上,哀嚎着哭喊着,乞求老灰收留他们。他们肯定没有像现在这个入侵者那样发出如此强烈的信号。

"我们去看看是谁这么有胆,敢就这么当着我们的面嗥叫。"杰玛说。

她们沿着斜坡走下来,停在山脊的一块石头上。叫声来自她们下方的一片林间空地。

"是不是该告诉族群里其他的狼呢?"小刀小声说。

"我觉得我们应该马上正面迎击。我不想就这么轻易放过这个目中无人的家伙,任他四处胡说锡比利尼山脉的狼群边界不设防。"

两匹母狼小心翼翼地向林间空地前进。她们看到一只狼躺在草地上。他似乎遇上了什么麻烦。他抬起头向天空发出了又一声呼唤,这次听起来是痛苦的。

杰玛向前一步。"你是谁!"她大喝一声。

入侵者没有回答。他凝视了她片刻,然后把头搭在草地上。

小刀慢慢靠近,伸出鼻子嗅了嗅入侵者。他的气味使她毛骨悚然。

"他是乌罗的手下!"说着,她退后一步,亮出了獠牙。

就在这时,杰玛注意到了树林里的响动。几个深色的身影在树木间显形。

"这是个埋伏!"她叫道。

确实如此。

乌罗和费罗跳出茂密的丛林。躺在地上的狼闪电般一跃而起,咬住杰玛身体一侧,但小刀冲过去咬住了他的脖子,迫使他松了口。两匹母狼逃跑了,敌方的狼群紧随其后。在她们身后追击的狼跑得更快,但是小刀和杰玛正跑在她们熟悉的土地上。

树林变得幽深逼仄,树木挡住了狼群的去路。两匹母狼穿过狭窄的地道进入灌木丛。很快,她们拉开了距离。

但是追击者还能嗅得到她们的行踪。

小刀和杰玛穿过了灌木丛。距离洞穴还有好一段距离时,她们就边跑着边发出警告的嗥鸣。在草地上休息的里奥一跃而起,跑去迎接她们,其他狼也跟在后面。

"乌罗的部族……他们……他们入侵我们的领地!"小刀喘着粗气说道。

"什么?他们来了多少?!"

"太多……太多了,根本数不清。"

说时迟那时快,沿着山的轮廓,里奥的噩梦出现了,那是十二匹狼的身影,它们在苍白的天空下一个接一个地现身了。

里奥迟疑了。如果老灰还在,他会怎么做呢?他会为了荣誉而战,为捍卫锡比利尼山脉而牺牲,还是想尽各种办法让他的族群活下来呢?

"他们在这儿!"那边传来了费罗的声音。

"上,干掉他们!"乌罗咆哮着,便冲下了斜坡。

里奥飞奔向彼拉多湖。"都跟我来!"他叫道。他已经做出了决定。

锡比利尼山脉的狼群沿着铺满沙砾的河岸飞驰,绕过阿根特拉山,向着大平原狂奔。但是这就意味着波维山的狼群赢得了领地、开阔的田野与陡峭的山地。

里奥从他的眼角余光里看到了骇人的一幕:乌罗的狗腿子距离自己族群队尾的法尔考只有几步之遥。费罗张开了血盆大口。他咬向年轻的小狼身体一侧,但只咬到了几根短毛。他一边狂奔一边伸长脖子,试图再咬法尔考一次。法尔考吓坏了,用尽他最后的力量,拼死一跃,成功甩开他身后的死敌几米远。但是,锡比利尼山脉的狼群跑得不如追兵快,眼看着乌罗就要追上了。正在这时,大盆在他们面前敞开了。大盆地表湿润且无风,使得它雾气氤氲。于是,里奥想出了一个主意。一个冒险,但并非完全不可能的主意。他的内心充满了希望。

"注意看着我的尾巴!"他吼道。

"大碗里有裂谷!"杰玛朝他喊道,"我们掉到那儿会完蛋的!"

里奥没有回答她。锡比利尼山脉的狼群潜入了迷雾织成的湖泊,一切都变成了白色。里奥只看得清他眼前的几步路,但他不能放慢脚步。乌罗和他的手下的威胁迫在眉睫。他闭上眼睛,继续奔跑。"集中注意力!"他一边想着,一边咬紧牙关,用鼻子深呼吸。

他立刻就闻到了风铃草独特的香气。"向右。"当他嗅到了刺蓟的存在时,他对自己说,随即转弯。其他狼跟在他身后,有惊无险地躲开一道裂缝。秋水仙织成的地毯将他引向了白色银蓟花的尽头,随后紫色的天竺葵又拉他向右走,绕过了另一条裂缝。

他听到身后传来一声巨响。费罗的尖叫声刺破了迷雾——他掉进一条裂缝摔死了。乌罗不敢拿自己的性命开玩笑,不得不放慢脚步,最后干脆停了下来。

"该死的!"他向着虚空咆哮。

锡比利尼山脉的狼群从大盆南侧的迷雾中逃了出来,溜进陡峭的山谷。里奥向东走,然后再向北走,离开了他的领地边界,也离开了乌罗的领地范围。

他们离开了锡比利尼山脉。

但至少他们还活着。

第十四章

月亮升起,拉开了夜晚的帷幕。

里奥和他的狼群向前走了很久,迷失方向,精疲力竭,倍感羞辱。他们奔向森林公园的北部地区,进入一片幽暗庙宇般的针叶林,穿过一片狭窄的走廊地带,那里并不是其他狼群的辖区。

一条针叶铺成的地毯在他们脚下延伸,无声地陪伴了他们一路。

一只打算洗劫鸟窝的孤独老松貂,从一根树枝的顶端窥探着在它身下行进的身影,认出了锡比利尼山脉的狼群。它呆若木鸡,惊讶地目送狼群渐渐消失在夜晚的寂静中。

他们时不时地小跳着前行:随着时间的侵蚀,沿途的树木倒下了,如同在战争中战死疆场的士兵那样,尸体被冬日的严寒撕裂。薄薄的苔藓以怜悯的姿态覆盖了他们,以保护那些曾经坚强有力的生命免受恶劣天气的侵害和睡鼠的打搅。

鹅耳枥粗糙的树皮上盘根错节。一千张栩栩如生的木头脸注视着这群逃亡者,而在弯曲的树干怪异的凹陷中,小动物的眼睛像是守灵的蜡烛一般一闪一闪，融化在这段旅程的阴郁中。

突然在树林中，狼群看见了维索村的灯光和一座位于山丘高处的中世纪塔楼，它耸立于村庄之上，像是漂浮在黑暗中。他们继续向前走去。

他们几乎毫无意识地来到了菲亚斯特拉湖，国家森林公园的边界。他们之前从未越过这条界线。

他们现在所在的地区被称为红刃区：千年的侵蚀刨开了含铁的土壤，裸露出贫瘠的朱红色岩壁，像是苍白的石灰岩上带血的伤口。

狼群在一处高地上停下了。杰玛躺下了，开始舔她身侧的伤口。她伤得并不严重：小刀及时的出手相救让敌人没能咬她很深。

大家一言不发。此时此刻里奥真希望老灰还和他们在一起，用他坚不可摧的自信引领大家。

"显而易见，我们必须尽快找到一个新家。"他说，"卡尔多萨和潘塔尼的狼群绝不会将他们的领地拱手相让。因凡特峡谷的狼群也是。自由区唯一还空着的区域是大平原那里，但是……既然发生了这些事……"在那里，人类杀死了老灰。而且不仅仅是因为他。里奥不想让小刀和其他同伴面临这样的危险。

沉默了几分钟，他把目光投向北极星。

"我们向北走。我们离开自由区。"他惊讶于自己说出的这些话。但是一个声音告诉他这是最明智的选择。

群狼困惑不解。甚至连从老灰去世后就不参与族群的讨论，仿佛一切事不关己的塞尔瓦也发话了。"离开自由区无异于自杀，"她用一种缥缈的声音说道，"外面到处都有全副武装的人类。"

"近年来，我们总看到许多独狼朝北走。"里奥说，"他们过去了，就再没回来过。跃过那些街道和村庄，越过那些低矮的山丘，或许还有其他的山脉和丰足的猎物在等着我们。"

"或者等着我们的是枪林弹雨。"塞尔瓦怀疑地说道。她没有再发话，重新陷入了干巴巴的长久沉默之中。

"里奥是头儿。"小刀最终说，"他的决定就是族群的决定。"

"那我们走吧，"法尔考用一贯的热情催促他们，"我们赶紧找到新的领地，然后去抓点猎物吧。如果你们不介意的话，我得说我现在又饿了。"

紧张的情绪消失了，希望的火苗重新在他们心头燃起。

狼群整装待发。

里奥站在队伍的最前面，迈出了几步。而就在这一刻，一声遥远的嚎叫翻过了山坡。它来自锡比利尼山脉的山巅。那是乌罗宣告占领新领地的胜利之歌。

里奥怒火中烧。

"我会回来的！"他发誓。

然后他的身影消融在暗夜中，把锡比利尼山脉，他的童年时光还有自由区的安乐统统留在身后。

连同他心上的一块，一起留在了身后。

第十五章

割草机的噪声伴随着一连串的闹钟声传到了洛伦佐的房间。

男孩伸出手去寻找那只手表,然后把它举到距离鼻子几厘米的地方。

"才八点半。"他嘟囔道。

他戴上眼镜起床。他脚下的瓷砖很冷,让他打了个寒战,寒意一直传到了他的头发梢。

他打开百叶窗,闭上眼不去看早晨的阳光。奥维德注意到了他,关掉了割草机和他打招呼。

"喂,洛伦佐!"他举起手喊道,"我把你给吵醒了吗?"

"不,没有,我是说……有那么一点吧。"他结结巴巴地说道。

"快起吧,快起吧,我已经起床两个小时了。"邻居大笑着说道。

"是啊,但是你晚上又不用追在狼屁股后面跑!"

割草机再次发出震耳欲聋的金属喧哗声。

洛伦佐拖着脚走向咖啡机。水槽里，一堆脏盘子责备地盯着他。

"好了好了，我知道了。过一会儿我就把你们给洗了。"他说着打了一个哈欠。

厨房的桌子上一片混乱：散落的纸张，笔记本电脑，电缆，电线和连接器，一堆电池，太多的面包屑，外卖的比萨盒更是堆成了山。洛伦佐挠了挠头，摸到了一小截干枯的树枝。他想从一头卷毛中把它解出来，结果越理越乱。

他现在醒了。在奥维德制造的噪音之中，想重新回床上睡觉是不可能了。他环顾四周，不确定该做些什么。在房间的一个角落里，一个喇叭状的扬声器从红绿相间的背包里探出脑袋。昨天夜里，这个年轻人因为监测一群狼，三点才回到家。这群狼距离这座名为基乌西德拉韦尔纳的托斯卡纳小村庄仅有几千米远。他在这里生活了几个月。他住在一间森林警备队的老房子里，四周环绕着一片栗树林和他那吵吵嚷嚷的邻居奥维德的农舍。

洛伦佐今年二十四岁，主修森林科学，研究主题是狼。他有一头乌黑的卷发，黄褐色的面庞和一双美丽的深绿色眼睛。这张轮廓鲜明的脸上最显眼的是他高傲的鼻子，比他脸上的其他任何东西都大一半多。

割草机再次安静下来，取而代之的是邮递员摩托车的声音。洛伦佐从百叶窗的缝隙间偷看。邮递员将信件交给奥维德后离开了。

年轻人打开了窗户："奥维德……有我的信吗？"

"嗯，有的。一个印着大学图章的信封。我给你带上去？"

洛伦佐瞥了一眼乱七八糟的厨房。"不，不用，谢谢。我这就下去取。"

男孩从满脸好奇的奥维德手上接过信封，推了推架在鼻子上的粗框眼镜。

尊敬的洛伦佐·泽达：

我们非常高兴地通知您，即日起，您将与正在服民役的格蕾塔·弗兰泽西·德尔·安奇萨小姐展开合作。履历详见附录……

"不！为什么！"洛伦佐叹了一口气。

"发生啥事了？"奥维德挠了挠肚子问道。这个男人一直在附近探头探脑，想打探信的事情。

"我向学校请求派另一位预备毕业生过来分担我的工作。结果你猜他们派了谁过来？一个服民役的女孩！"

"那有啥问题？"

"看看这个简历……她对狼一无所知！"

奥维德伸长了脖子去读信。"格蕾塔·弗兰泽西·德尔·安奇萨……"他念道，"妈呀！是公爵的女儿。"

"公爵？"洛伦佐重复了一句，眨了眨眼。

"当然咯。弗兰泽西·德尔·安奇萨公爵。他在基乌西这儿有一栋乡间别墅，就在教堂附近。他住在这里有些日子了。"

"当今还存在公爵吗？我以为他们都已经成为寻常百姓了。"

"嗨，你倒不必想象他们坐在白马拉的马车里的样子。弗兰泽西曾经是国家大使，绕着地球跑了半圈。几年前，他与家人回到了基乌西。他老婆在城里经营一家香水连锁店。卖化妆品，卖丝巾……你知道的，就那些个玩意儿。"

洛伦佐想象着他未来同事的模样：一个喷着香水、浓妆艳抹的小姑娘，活像个十七世纪的贵族小姐。真是"太适合"观测狼群的工作了。

"我和弗兰泽西家可熟了，我就是靠打理他们家的花园谋生的，"奥维德自豪地补充道，"不过，格蕾塔小姐是这家里的一个怪人。或者这么说吧，她在……哎呀，如果你感兴趣的话，我等会儿再告诉你。"割草机重新开始轰鸣，留给洛伦佐一个悬念在他脑袋里嗡嗡作响。他只好等着奥维德。对奥维德来说，这世界上只有一件事能比起满足他自己的好奇心来更令他满足：那就是不满足别人的好奇心。

第十六章

当狼群意识到他们已经真正离开自由区时,他们被苦闷的氛围笼罩了。

周围的景致都变了:令他们安心的山脉看不见了,取而代之的是连绵不断的丘陵与平原。四处可见的田舍与农庄点缀着愈渐农业化的土地,愈渐有人类的气息了。

狼群趁着夜色小心翼翼地前行,他们行进在一片四处都是陷阱的土地上,持续寻找着更加隐蔽的路线。他们眼前的景象变得更加陌生,与他们所熟悉的自然景观大有不同。在田野上,植物以几何形式排列,彼此之间保持一定的距离。它们服务于人类,不能恣意生长。长长的直线严格地规划着空间,向远处延伸,直到消失在黑暗中。

他们认出了奶牛的哞鸣,但那些声音暗淡而模糊:那是从囚禁他们的牛圈深处传出的哀鸣。

狼群行进迟缓,不断地遇到各种屏障与阻碍。首先是越来越多的道路。每当狼群穿过一条马路时,他们都遵从一条打小就学会的规则。白色的光意味着躲藏和静止,黑暗或者红色的光意味着迅速通过。幸运的是,在如此深夜,来往的汽车很少。

要说最令狼群感到困扰的,当属那些围墙和栅栏。它们到处都是,种类繁多:金属网、带刺的网、铁栅栏、木栅栏、成排的金属板、水泥墙、石墙……它们的存在不仅仅是为了划定人类的家园。狼群在其间穿行,纵使用上了在丛林中练就的一身功夫,也不得不绕道而行,以保持一路向北。人类非得用这种方式分隔土地,这令狼群疑惑不解。

"他们可能也有自己的族群,然后用这种方式来标记领地吧!"法尔考大胆猜测。

另一件令他们神经紧绷的事是,人类的房子边上都有看门狗。尽管狼群努力尝试和那些村落和独立居所保持距离,但只要一遇上人类的房子,迎接他们的永远是一阵狂吠。狗总能感受得到他们的存在,好像他们每一只狼都头顶着闪光灯一般。通常,伴随着狗发出的警报声,房子里总有灯光亮起。这令他们倍感痛苦,他们的步伐也因此疲软。可以说狼群是喜欢列队前行的:他们时而漫步,时而小跑,时而疾驰。对他们来说,没有比这更美妙的活动了。这使他们感到团结一致,甚至比起狩猎时还要团结。当他们排成一列行进时,他们的肌肉和脚步和谐地律动着,宛如流水。他们奔跑起来的样子纪律严明,团结紧凑又敏捷灵巧。身体几乎没有上下跃动,就像是冰上舞者一样在地面上滑行。但是在这满是人类威胁的迷宫之中,狼群体会不到丝毫列队前行的愉悦。

在这片异乡的土地上,唯一没有抛弃他们的,是月亮。她那令人心安的存在照亮了他们前进的脚步,安抚着他们的心灵。

进入一片犁过的地时,他们感到脚下的土地变了质感。迈出的每一步,都有可能被潜藏的大土块冷不丁地绊倒。他们又不得不放慢脚步。

在他们面前,一座小丘陵的轮廓依稀可见,宛如一片平静海域中央一座草木丰茂的孤岛。

"有什么东西在动,就在下面。"法尔考低声絮语,看见这片犁过的地尽头处有几个身影,就在那座小丘的山脚下。

塞尔瓦向前竖起耳朵,里奥嗅了嗅空气的味道。一阵微风送来了些许声响与气息。

"是野猪。"他俩异口同声。

"野猪好吃吗?"法尔考馋得伸出了舌头。

"好吃,但也很危险。"小刀提醒他。在锡比利尼森林公园的一些区域有很多野猪,但他们从没抓过,相较而言他们还是更喜欢抓鹿。

一声"咕噜"传来,刺激着整个狼群。

"是一头母猪带着小崽子。"阿尔巴补充道。

"我们还等什么?"布鲁戈说着便挺起胸脯,蓄势待发。

里奥下达了指令。狼群四下散开,在下风处前行。

野猪妈妈很快就意识到了危险,她发出了一声刺耳的警报声。那少说有一打的小猪崽们急忙跳进树丛,猪妈妈紧随其后。

狼群也紧跟着扑向了这哼哧乱叫的一家子。可没想到的是,野猪妈妈转过身来,直面他们。里奥咬牙切齿,下令将她包围。但他犯了个错误。一个抓野猪经验丰富的领头狼会派几头狼牵制住野猪妈妈,同时派其他狼去抓小猪。而锡比利尼山脉的狼群则是将这头狂躁而又顽强不屈的猎物团团围住。出乎他们的意料,仗着自己獠牙的威力,她无所畏惧地直面狼群。她首先朝着里奥猛冲过去,獠牙微微擦到了他。接着轮到布鲁戈了,一记猛刺伤到了他的右腿。森林里回荡着他的哀鸣，周围所有的农庄随即响起犬吠，此起彼伏，奏成一曲交响乐。阿尔巴试着从猎物背后发动攻击，但无从下手：野猪妈妈灵活机敏，意志坚定，四蹄飞转，活像个陀螺。

他们每发动一次攻击，他们的猎物都早有准备似的接下了招。犬吠声让狼群紧张了起来，布鲁戈身上血液的气息更是让里奥确信是时候下令撤退了。野猪妈妈用她黑色的小眼睛瞪着他们，随即消失在丛林中。她发出洪亮的叫声，召唤着躲在坚不可摧且乱如麻的荆棘丛深处的小猪崽们。

狼群爬上小山丘。来到半坡上的一小片林间空地，里奥停下来清点伤员。

"没啥大事。"布鲁戈轻描淡写。

杰玛为他舔舐伤口，几分钟后便不再流血了。布鲁戈到底还是皮糙肉厚。

"你们就在这里休息，"里奥下令，"我到山顶上看看翻过这座山丘另一侧有些什么。"

"我和你一起去。"小刀说。

山顶上是一片树木环抱的草地。树干与树干之间，长长的枯枝牵起了手。草地中间，一座绿色的小木屋躲在精心种植的灌木丛中。这里是猎人捕捉候鸟的藏身所，不过这段日子候鸟不在，这里自然也被闲置了。

在这个高点上，两匹狼得以将目光投向北方。山坡减缓，尽头是一片宽阔的高原，灯火通明，街道纵横。即使到了这时候，汽车依然顶着红白两色的车灯在暗夜里飞驰。两匹狼不由得打了个寒战。不过，在那片挤满了人类的广阔平原之外，**巍峨**的群山重又在月光下闪闪发亮。

"是山脉!"里奥惊呼。

"我们怎样才能到那儿去呢?"小刀疑惑道。

里奥仔细打量着那片平地,想要找出一条路。他注意到有一条昏暗的带状物蜿蜒着穿过平原。

"我想那应该是条河。如果里面水位低或没有水的话,我们可以沿着河床前进。"

"你觉得这条路安全吗?"

"我想安全吧……姑且认为在人类的地盘上能有一条安全的路吧,"里奥叹息道,"我开始怀疑自己究竟该不该带领你们走出自由区了。"

"咱们也别无选择。"小刀想让他振作起来,舔了舔他的鼻子。里奥与她额头相抵,回应了她的抚慰。他们的族群历经沧桑变迁,但里奥感受到了自己对小刀的一往情深。小刀怀孕后,他对她更是倍加关切。他现在最主要的任务就是找到一个安全的地方供她生产,一片完全属于他们的全新领地,一个让他们安心享受爱情的家。

树叶间传来一阵声响惊扰了他们。一个黑影在树林里移动,沿着斜坡缓缓下行。他们小心翼翼地跟上去。里奥嗅了嗅一些刚被啃掉新芽的树枝。"我闻到一股坏牙的味儿,"他确信地说道,"但我觉得这不像是鹿,也不像是狍子……"

就在这时,那个黑影停在距离他们仅几步之遥的地方。两匹狼也停下不动。月光照亮了黑影两只雄伟的角,它们又平坦又宽广,不同于细细的深色鹿角。里奥和小刀面前的是一头驼鹿,一个在锡比利尼山脉很罕见的物种。这头驼鹿尚未意识到自己身处险境,它继续在林间漫步,直到来到一片被年轻橡树围绕的草地,方从黑暗中探出身子。

两匹狼藏身于灌木丛中。那是一头又老又瘦的黇鹿，它那一口坏牙让它只能勉强吃些嫩芽。但无论如何，它还是足以抚慰狼群的饥肠的。

里奥和小刀悄无声息地向着猎物匍匐前进。他们必须抓住这个机会，虽说狼群的其他成员不在，猎杀这么大的动物着实是一场冒险。

一阵徐徐的微风暴露了狼的气息。黇鹿嗅到了狼的味道，惊恐地看向威胁所在。但它再也没有机会逃跑了。喉头遭受致命一咬，猎物很快就躺在草地上一动不动了。

里奥满意地看着死去的猎物，松开了口。当一切进行顺利的时候，将整个族群的重担打在肩上倒也是件令他感到成就感满满的事情。

第十七章

洛伦佐正在往头发上涂抹肥皂的时候,淋浴的水骤然变冷。

几秒之后,门铃作响。男孩正忙着对热水器一阵猛敲,根本没有听见。门铃坚持不懈地响起了第二声,洛伦佐只好将一条浴巾裹在腰间,小心翼翼地走去开门,以防滑倒。

"奥维德,你来得可真是时候……"但一开门,刚到嘴边的话语又被咽了回去。

站在门口的是一个和他差不多高的姑娘,生着栗色的长发,身着红色的毛衣。没戴眼镜,他只能看到这么多。

"啊……你好,"他涨红了脸,嘟囔着说,"你不是奥维德。"

"要我说也不是。"姑娘挑起了一边眉毛,回答道。

令人尴尬的沉默。

"我叫格蕾塔。"

"啊,当然了……呃……你不是该26号才到的吗?"

"今天就是26号。"说着她瞥了一眼洛伦佐的脚下,那里已然是一片洗澡水与肥皂泡汇成的小池塘。

"如果你不方便的话，我可以改天再过来。"

"不不不……快请进。请给我一点时间，我去把自己收拾一下。"

洛伦佐让到一边。格蕾塔一个小跳跃过了那个湿滑的"陷阱"，在门厅停了下来。男孩小心翼翼地关上了门，生怕身上遮蔽他裸体的唯一一道防线掉了。

"你可以在厨房等我。"他指着一扇门说道。这时候他仿佛听见了那些好几天没洗的盘子央求他赶快把它们给洗了的声音。他忍不住咒骂了一句。

"呃……请忽略这里一团混乱……"他补充了一句，躲进了浴室。

格蕾塔坐在房间里唯一一张尚未被混乱淹没的椅子上。五分钟后，洛伦佐回来了，穿戴整齐，身上都擦干了。

"实在是对不起，这阵子过得真的太混乱了……"他一边说着一边在桌上找着些什么，"我到底把它放到哪里去了？"

"你在找这个吗？"格蕾塔问道，将一副被随手放在比萨盒上的眼镜递给他。

"啊，正是。多谢。"他忙一边戴上一边答道。现在他终于能看清眼前与自己说话的人了。

一瞬间他出了神。毫无疑问，她比他所见过的任何一个姑娘都漂亮。她大大的眼睛好似一双晶莹的宝石，充满了吸引力，像是嵌满绿色棕色玻璃片的万花筒。她眼里的光芒藏不住眼底的深邃。

她的着装则与洛伦佐印象中的贵族女孩儿相去甚远：下身穿着牛仔裤，上身搭配着一件红色的高领毛衣，衬托出一个柔和的下巴和一张清新的面庞。高高的颧骨凸显出一张线条柔和的嘴，朱唇轻启，仿佛在等着一个尚未问出的问题的答案。

洛伦佐更是为其装扮的细节所折服：在她那一头柔顺的棕色长发当中一绺头发心不在焉地落在嘴边，显得反叛不羁。在厨房灯光的照射下，头发的光泽与毛衣的色调配合得天衣无缝。短短的刘海垂在额头两侧，十分自然地修饰着脸型。

洛伦佐一个箭步冲过去，抱起一沓比萨盒便扔在洗碗池里，让它们与那些盘子做伴。

"真是一塌糊涂，是吧？呃，"他小声嘟囔着，"昨……昨天来了些朋友，他们就给我留下了这么一堆烂摊子。"每当洛伦佐撒谎，他都会结巴。对此他无能为力，从小时候起他就这样了。

"这也是你朋友留下的吗？"格蕾塔指向挂在椅背上的一双臭袜子。

"呃，呃……"他尴尬地笑着，赶紧让它们消失了。

当桌上只剩下电脑和废纸时，洛伦佐终于能坐下来好好喘口气了。

"他们给我寄来了你的简历。"他说着从一叠纸中抽出了一张。

自打来到这里算起，姑娘第一次露出了尴尬的神色。"对。不是那么出类拔萃，我知道的。"

"20岁，出生在佛罗伦萨，中学学历，"他低声读道，"语言高中第三年辍学，香水店售货员，上过急救课程。"

"还是红十字会的志愿者……做了几周。"她补充道，"我得加上这一条。"

洛伦佐扬起眉毛，挠了挠头："有和动物打交道的经验吗?"

"嗯?啊,这个呀……"格蕾塔低声说道,拉起了毛衣的袖子。在肘部的凸起上,四个小小的凹陷证实了这里有一处旧伤。

洛伦佐迷惑不解。

"是一条流浪狗干的。我在树林里散步的时候它咬了我,"格蕾塔一边解释,一边又拉下了袖子,"从那时候起我就不敢独自一人去树林里转悠了。但凡是长得有那么一丁点像狗的东西也会让我吓得不轻。"

洛伦佐不解地看着她。她的话令他产生了一个疑问:"对不起……但你知道我是研究狼的吧?"

格蕾塔耸了耸肩:"当然了,是我选择来这里的。"

"那狼不会吓着你吗?"

"我怕得要死。"

洛伦佐盯着他,推了推架在鼻梁上的眼镜。这个姑娘真是有多漂亮就有多古怪。

"我知道你肯定会觉得很奇怪,"她继续说道,"但有人这么跟我说:如果你能克服对狼的恐惧,狗就根本不算什么了。你不觉得很有道理吗?"

"好吧……不得不说,这确实是一种克服恐惧的方法。你之所以去上急救课程恐怕也是因为晕血吧。"男孩开了个玩笑。

"差不多吧。"她说着便挪开了目光,神色黯然。

洛伦佐注意到了,尽管他并没有明白其中的缘由。他试图转移话题。

"我之所以问你有没有和动物打交道的经验是因为我向大学申请派遣一名预备毕业生来协助我,帮我整理迄今为止我收集的所有数据。你看到了吧?都堆成小山了。"

"你是想说到头来他们给你派了一个新手过来吗？我很抱歉。"她说着扮了个鬼脸。

"不、不是的，不是这样的。我、我只是想说……这份工作很可能比你想象的更加枯燥无趣。我必须跟你解释我现在正在做的事情……如果你完全是个外行的话，理解起来恐怕不容易。狼是一种很复杂的动物。"

"那这么看我们倒有些共同点了，我是说我和狼。"自打进家门算起，格蕾塔第一次露出了微笑。朱唇微启，露出两排整齐的皓齿，就像是剧场看台上的观众。这个笑容足以点亮她的整张面庞。但也正是在这个愉悦的表情里，洛伦佐隐约看到她的眼底有一抹哀愁的神色。

"我会努力的，我发誓！"她直勾勾地盯着他的眼睛。她看起来下定了决心。

"好的。那么我们马上就开始吧，行吗？"他打开了一本书，快速翻阅着。他翻出一张图给她看，上面画着不同姿势的几匹狼。"我们就从这儿开始吧。在每个狼群里都有一对处于统治地位的伴侣，当家的公狼和母狼……呃，你需要笔和纸来记点笔记吗？"

"我记性很好的，谢谢。"

"这对当家的伴侣是狼群里唯一拥有生育权的。同一个族群里的其他等级更低的狼都不可以交配，除非它们向领头狼发起挑战，取而代之。如此一来，每个狼群每次只会生一窝小崽子。少生优养，这是它们的哲学。"

"那其他的狼不会因为无权生育而感到痛苦吗？"

"哎，我想也会吧。也正因为如此，有些狼会选择离开族群，去走自己的路。"

格蕾塔扬起来一边的眉毛。"这又是一个共同点了。"她低声说道。

"不过你要知道，每当幼崽降生，整个狼群都会照顾它们，都会视如己出。如此一来它们的父爱母爱同样也能有所寄托了。"

他清了清嗓子，继续说道："有的狼群仅是由父母子女构成的，也有的狼群更加复合，会有毫无亲缘关系的狼住在一起，共同进退。"

"我以前在哪里读到过，狼是有一种语言的……"

洛伦佐的眼睛亮了起来。这正是他最喜欢的话题，他正打算放在毕业论文里讨论。

"正是如此。狼是一种有自身文化的动物，它们有着相当丰富的语言，包括叫声、肢体动作和面部表情。你看这些图就明白了。"他说着指向了一些示意图，"你看，尾巴的位置，面部的肌肉运动，还有眼睛：这里面有着无穷无尽的组合，而我们人类尚且只认得出一小部分。你敢信吗，有研究人员觉得它们还会进行潜意识的交流。"

"也就是说……你是说它们还会心电感应？"

"一定程度上是的。当你观察它们是如何整群行动的，在狩猎过程中是如何协调的，面对突发事件是如何彼此交流解决的……那时候，你一定会相信它们彼此心意相通。"

"那你是怎么想的呢？"

洛伦佐迟疑了："这个嘛，说实话，要下个定论还是太草率了。我个人认为，它们的肢体语言是如此微妙又丰富，足以令我们人类望而却步。但从另一方面，你想想，我们人类也可以通过一个简单的眼神传递不少信息，是吧？"他与她四目相对，一瞬间他感到自己陷入了那片深邃又神秘的海洋。在彻底沦陷之前他赶忙挪开了目光。

洛伦佐的热情与讲解事物的能力令格蕾塔深深折服。尽管身居这地狱般的乱室,他关于狼的学识和他的言谈可是丝毫不含混的。

"你经常在那片山里看到它们吗?"她问。

"有时候能,远远地看着。冬天的时候你可以跟着它们的脚印走。"

"那……你不害怕吗?"

洛伦佐面露难色:"这个,你说到点子上了。这个可得好好说道说道。如果我们想要一起工作的话,我可以接受你对狼对动物学一无所知,但是你必须彻底放下偏见。"

"我正是为此而来的。"格蕾塔回答道,但心里默默补充了一句。"但这并不容易呀。"

第十八章

鹿角与蹄子。

那头老黇鹿被啃得就只剩下这些了,除此无他。

日薄西山,狼群正忙着舔舐自己的口鼻和毛皮。他们在黇鹿骸骨旁边度过了一整天,吃了好几顿。

"现在还有谁会想接着上路呢?"法尔考打了个哈欠,肚子鼓得像一个枕头。

"我们必须尽早到达一片安全的领地,"里奥敦促他们,"我们不能再待在这里了。"这几个小时他们听到了不少人类沿着小路登上小丘的声音。每一次一听见,他们都情不自禁地想象枪口冷不丁地从灌木丛里伸出来的画面。

夜幕降临,狼群开始行动了。他们从西坡绕过了山丘,沿着一条深邃的峭壁裂缝前行。狼群快速穿过一条荒无人烟的街道后,来到了前一天夜里里奥发现的那条河的河床。

河流已经干涸,布满乱石的河滩很是宽阔。十几个塑料袋缠在沿岸而生的灌木丛上,每当有风吹过便发出令人不安的沙沙响声。这是一片被垃圾污染的悲伤之地,与流经锡比利尼山脉的那条清澈见底的黑河大相径庭。记忆中那澄澈如水晶般的水流重又温暖了里奥的心,让他回想起和杰玛一起度过的生命最初的岁月。那时候他们俩都还是小狼崽,筋疲力尽又惴惴不安地漂泊了好几天,跌跌撞撞地摔倒在一片浅浅的水面上。在那里,黑河的湍流被平缓地拓宽了,暂缓了片刻后,随即又继续向山谷奔流不息。在河底的白色鹅卵石之上,鳟鱼敏捷地跃动,而在河畔垂柳的荫蔽之下,柔软的水生植物为河流穿上了翡翠色的衣装。

里奥仿佛重新体会到了那时凉水浸没四爪的感觉,它帮他洗去疲惫,令他容光焕发。他的脑海里重又浮现出那时候因抓鱼而飞溅的水花。他仿佛又看见了自己和姐姐在那晶莹剔透的天然浴池里嬉闹厮打,然后从水里走出来,把他们茂密的皮毛上的水珠与疲惫一同甩脱的情景。饱经折磨了数日后,无忧无虑地抓鳟鱼又让他们找回了活下去的希望。也正因为如此两只小崽子才有了进入锡比利尼山脉领地和请求老灰接纳他们加入族群的勇气。

爪下一个塑料袋的爆裂声把里奥拽回了现实。狼群沿着河床走了几千米,在他们面前,月光终于为他们勾勒出了一座山的轮廓。

草木丛生,笼罩着山侧和它昏暗的山坡,这点让狼群感到十分安心。

里奥加快了脚步。

格蕾塔的家是大花园环抱之中的一幢宏伟的石质建筑。洛伦佐在门前的窄巷停了车,姑娘正在栅栏门外等着他。他打开越野车的后门,在靴子、行囊、天线和电子设备中间勉强腾出一点空间,把她的小背包塞了进去。

"我们带着这些东西是要做什么？"她边上车边问道。

"实际上我们需要用来播放狼嗥的东西在我背包里，但为了安全起见，其他的东西我都随身携……"洛伦佐突然停下来，嗅了嗅车里的味道，"你喷了香水吗？"他用一种审问的语气问道。

"诶？没、没有啊，"她红着脸结结巴巴地说道，"昨天我用清水洗了又洗，这样还……"

"用了除臭剂？香皂？沐浴露？"

"不好意思，这怎么了吗？我不能用这些吗？"她尴尬地问道。

"不，不是的……我就是闻到了一股香味，但是……"他向她靠过来，闭上眼睛，"我能在我舌尖上感觉到它。"

"你要干什么？"格蕾塔边说着边缩向车门。

"一定是的！"他兴高采烈地叫起来，"庭荠花！是庭荠花的香气！"他就像是一名专业品鉴员刚刚发现了一道菜的神秘配方。

格蕾塔呆若木鸡，不知所措。

"你确定没有用庭荠花香味的香皂洗澡吗？"

"我向你保证我都不知道什么是……"

"那就是你的皮肤自带这种香气了。这还真是件稀罕事。"他边说着边发动了车子，"真奇怪，我昨天可没闻见这味道。我嗅觉可好了，你知道吗？"

"我是很尊重你的，洛伦佐……但在那些臭袜子、脏盘子还有其余种种乱七八糟当中，就算是条警犬来到你家厨房怕也不能闻到什么吧。"

"我今天早上已经打扫一点了。"男孩急忙为自己辩驳，

"不过我想狼不会讨厌你身上的味道的。"

"不好意思,你说什么?我们必须接近到能让它们闻到我们身上味道的程度吗?"格蕾塔错愕地问道。

"你想想看,狼可以隔着一千米闻出你早饭吃了啥。"

"也太夸张了吧,"格蕾塔说,"要是它们像你说的那么敏锐,那汽车的声响怎么不会把它们给吓跑呢?"

"实际上车子距离我们播放狼嗥的地方可远着呢。"

"你是说我们要徒步进入它们的领土?"她惊慌地问道。

"当然了,你在想什么呢?我们想要获得它们的回应,就必须深入它们的领地。"

"嗯……那么在你后面带的那些东西当中,会不会刚好有森林警察给你的什么武器呢?你懂的,安全起见……"她大胆猜想。

"武器?"洛伦佐饶有兴致地叫了起来,"那对我们可没用。万一它们攻击我们,我就丢下你自己逃跑。你虽然是个小瘦子,但也足够它们饱餐一顿啦。"

"够了吧,闭嘴!"格蕾塔知道他是在逗自己玩,但想象了一下夜晚走在树林里的场景,她害怕他方才说的不全是一个玩笑。

"我们之前说好了,你必须克服你内心的恐惧,不是吗?还有什么能比挺起胸膛来直面它更好的呢?"

"我知道,但这就好比作为接触蜘蛛的第一步,你让一个害怕蜘蛛的人去亲吻一只黑寡妇。"格蕾塔抗议道。

"我很好奇如果你去亲吻一匹狼会发生什么。说不准它会变成一位公爵……"

她狠狠地剜了他一眼。

"怎么了?"洛伦佐疑惑地问道。

格蕾塔看向车窗外。很明显她不喜欢提及自己尊贵的出身。洛伦佐很纳闷为什么,但他没有再追问。实际上,他想了解她的地方太多了。在这之中他最想知道的,是为什么即使在她一双笑眼闪闪发光时,眼底还是会有一层忧伤的阴霾。

第十九章

在高原之外的山脉南坡上，狼群在一片榛木林里休憩了数小时。

时近黄昏，狼群继续前行。没有必要等到天黑了，因为这片区域已变得人迹罕至，他们这一路仅仅穿过了几条林间小道和几间废弃的小屋。他们一路向上走，沿着山脊走了几千米，步履轻盈。

被草地覆盖的圆形山峰，看起来像是从下方的森林绿海中浮起的巨鲸的背，在地下熔岩和岩石神秘的推动之下，极缓慢地向北航行了数百万年。狼群在这些笨重石兽的背上迅速移动，沿着和缓的山坡时上时下。

里奥宛如一艘船的龙骨，正平稳地航行在草丛中。在他的胸前，草茎弯折，沙沙作响。

当夜幕降临时，风刮得又劲又疾。云絮在他们头顶飞驰，而木星则无畏地闪烁着，丝毫不担心自己的光芒被月光掩盖。高海拔的清新空气令连续前行了数小时的狼群恢复了元气。

山脉开始变得低平,森林将它拉入了自己幽绿的怀抱之中。狼群潜入未知的森林,月亮藏在树叶背后。

里奥在新环境中四处嗅嗅,想要寻找潜在的猎物。但他唯一能找到的就是些野猪的踪迹。

突然,在这片茂密的栎树林里,年轻的狼嗅到了鹿的气息。不止如此。他还闻到了黇鹿的味道,如今他已经能够成功辨识它们了。他的心头重新燃起了希望。

他们停下脚步,在一眼泉前饮水。布鲁戈四只爪子都踩进了水里。这在长途跋涉之后,真是一次及时的足疗。

然而,里奥的表情却变得严肃起来,他的目光停留在泉水附近一个清晰可见的记号上。

"有狼在这里标记了领土。"他平静地说道。

本已开始追逐嬉闹的阿尔巴和法尔考立刻停下观察了起来。

"这是一处刚做的标记。"杰玛嗅了嗅那坨排泄物说道。

"美梦就这样破碎了。"布鲁戈叹了口气。

"咱们往好的方面想,"小刀鼓励他们,"如果还有其他狼群在这里,这起码意味着即使在北方,在这里,也有适合狼居住的区域。我们要做的就是找到属于我们自己的那一片区域。"

"小刀说得对。我们继续前行,趁夜色尚浅。"里奥抬头看着月亮说道,"但从现在开始我们必须谨慎前进,切不可引人注目,我不想和其他狼发生冲突。"他瞥了一眼他的伴侣和她那孕育着新生命的隆起的腹部。

树林变得稀疏,广阔的林间空地豁然开朗。在靠近树林边沿的草地上,他们看到了几个正在吃草的身影。在晦暗不明之间他们认出那好似白色毛刷一般朝上翻转的粗短尾巴:是黇鹿!狼群本可以袭击他们,但他们并不想在别人的领地上贸然狩猎。他们想用一种尽可能快速又安静的方式穿过这片区域。

突然间，一声响亮得足以劈开峡谷的狼嗥打破了这片宁静。那是一声痛苦又深沉的呼叫。林间空地上的黇鹿抬起了正在咀嚼草叶的嘴，紧张地转了转大眼睛。

里奥凝神静听。

片刻之后，又是一声狼嗥。

第二十章

圣塞波尔克罗镇位于瓦尔提贝里纳，这片属于托斯卡纳大区的土地夹在罗马涅、翁布里亚和马尔凯三个大区的中间，受到阿尔卑斯德拉卢纳自然保护区的庇护。要去那里需要走一条长达几千米的崎岖山路。在路的起点，洛伦佐停下了。

男孩熄灭了车灯。车外一片漆黑。格蕾塔打了个寒战。

洛伦佐打开了车内的灯。

"你准备好了吗？"

"总而言之，"她叹了口气，"你要跟我好好解释下在外面我们该做什么。"

"我们会接近生活在这附近的狼群的集合区。"

"集合区？"

"啊，那个，对不起。专业术语。那里是成年狼养育它们的小崽子的地方。"

"也就是说那里有个巢穴？"

"也不总是有。有时候巢穴会在一个更加安全隐蔽的地方。"

"好的，那么在我们接近了集合区之后呢？"

"我们拿出扬声器来，播放'神'的叫声。"

"'神'？"

"是我给我录下叫声的这匹狼起的绰号。"

"你为什么要录下狼的嗥叫声？"

"啊，这很明显。一匹独狼跑到另一个狼群的集合区附近还发出嗥叫，这很明显是个自投罗网的行为。"

"等一下洛伦佐，你这么说有点吓到我了。你是在跟我说我们现在下车，只身两人走到黑黢黢的森林里，一路走到它们养小崽子的区域，然后假装自己是一匹想自投罗网的狼。我理解的对吗？"

"一点不错。"洛伦佐粲然一笑，回答道。

"然后会发生什么？"她迟疑地问道。

"然后我们等着。"

"等什么？等着我们被吃干抹净？"

"不是，我们等着看小崽子们是怎样回应这一声呼叫的。"洛伦佐边说着边忙着给CD机装上电池，"你看，当家长们都出去狩猎了，小狼崽们没人照看。没了家长的照看，它们很有可能就会回应这声呼叫，这也就会暴露它们的藏身之所。对它们来说这就像是在玩个游戏，它们不会坚持太久的。如此一来我们就可以采集各种各样的信息：首先毫无疑问的一点是能知道小崽子们是否还存活。如果我们足够专业，我们还可以通过辨别不同的声音，弄清有几只幼崽。"

"如果成年狼也听到了我们的声音呢？"

"它们会立刻赶回来察看这匹胆敢闯进它们领土公开挑衅的

疯狼究竟是何方神圣。"

"啊,对。那到时候我们就等着它们来敲骨吸髓吧。"

"你又错啦。当它们搞明白入侵者是人类的时候,它们会偷偷溜走。"洛伦佐自信满满地下结论道。

"你能为你说的话打包票,对吧?"

"格蕾塔,这话我就说一遍:你要相信我。如果狼真的很危险,那我早就被碎尸万段了。它们怕人类,比什么都怕,相信我。流浪狗比起它们可危险多了……你也是知道的。"他指着她的胳膊说道。

"谢谢你让我回忆起这个。"格蕾塔抚摸着旧日伤疤嘟囔道。

"那么,你准备好了吗?还有其他的问题吗?"

"只有一个问题:鉴于你刚刚说流浪狗比狼更危险……"她用极低的声音说道,"那万一我们就在森林里遇到了一条流浪狗该怎么办?"

"一条流浪狗出现在阿尔卑斯德拉卢纳的狼群领地里?啊,啊,这可就有意思了。它们可不会允许这种事情发生的。"

"好的,不好意思,"格蕾塔边说着边围上围巾,"所以说你实际上是在告诉我,我没必要害怕流浪狗,因为狼会保护我。生活真是令人惊讶,让人无言以对。"她戴上手套。"二选一吧,要么就是你疯了,要么就是你真的特别勇敢。"

"不,这两个都不对。只是因为我很了解狼。"他打开车门。"从现在开始,"他低声说道,"保持安静。"

两人沿着林间小道出发了。格蕾塔紧紧抓着洛伦佐的背包。起初,她的眼前只有一片黑暗,黑暗之外还是黑暗。随着他们的前进,她仿佛听见令人不安的声音随着他们的脚步声回荡。她的脑海里浮现出了可怕的画面：黑暗中闪烁着饥饿的眼睛，利爪伸向他们的头顶，獠牙准备从背后袭击他们。她无法想象洛伦佐曾多次独自往返此地，甚至连手电筒都不带。他或许真是疯了。

过了一会儿，格蕾塔的眼睛慢慢地适应了黑暗。星光照亮了他们前行的路。猫头鹰忧郁的低鸣、狐狸犀利的叫声、夜莺悠扬的夜歌，与洛伦佐那充满节奏感与安全感的步伐同步了。她的心跳变得平缓了。当他们穿过草地时，有那么一小会儿，格蕾塔甚至松开了紧抓着男孩背包的手。洛伦佐注意到了，对她报以微笑。他的一口皓齿宛如深夜里升起的半轮明月。格蕾塔感到意外的平静。

当他们到达一处树木繁茂的山谷入口时，男孩脱下他的背包，试图不发出声音。他拿出一个扩音器，连在了CD机上。

片刻之后，设备发出了一声狼嗥。尽管格蕾塔已经准备好了，但她还是被惊得一跳。嗥声在山间回荡，久久方绝。

洛伦佐侧耳倾听。他们还要重复两次这样的操作。这是研究人员采用的做法：如果在第三次播放后依旧没有得到回应，他们则会更换调查站。

洛伦佐将扬声器交给了格蕾塔。

播放。

狼嗥再次响彻了山谷。声音的振动沿着格蕾塔握住设备的手臂传上来，让她感到十分震撼。

小狼崽们会回应吗？

第二十一章

"我们的领土遭到了入侵!"阿尔卑斯德拉卢纳的雌性领头狼惊叫道。她和她的族群正在追寻着野猪的踪迹,突然就听到了洛伦佐和格蕾塔放出的那声嗥叫。

"希望小崽子们藏好了别被发现。"她的一个儿子说道。

当第二声狼嗥划破空气,领头狼猜到了声音的来源。"他们入侵到小家伙们的藏身所附近了!"她张皇地叫了起来。

这时候小狼崽们回应了那声嗥叫。

"我就知道!"这位母亲如箭一般窜了出去,"我们快走,趁小家伙们被发现之前赶紧回去。"

一匹入侵的狼是不会对手无缚鸡之力的幼崽心怀慈悲的。

里奥他们呆在原地,仿佛石化了一般。第二声狼嗥刚刚才停下,茂密的丛林中就响起了一连串的回应,宛如一支歌队。

"是幼崽!"杰玛惊讶地悄声说道。

里奥表示同意。"他们回应了那匹成年狼的叫声。"

"你们觉得他们发现我们了吗？"阿尔巴无不担忧地问道。

"我不知道。"里奥说。

"我们该做什么呢？"法尔考低声说。

里奥迟疑不决。是冒着被截击的风险继续前进，还是留在原地等待呢？

黇鹿心神不宁地走动着。不等小狼崽们的回应声停歇，一头母鹿飞驰而去，其他的紧随其后。在草地的对面，茂密的丛林里有什么东西正在接近。

格蕾塔高举着扬声器，直到声音完全消散。

她等待着，惊讶于在这个集骇人与奇幻于一体的夜晚，此刻竟是如此静谧。

然后，奇迹发生了。

小狼崽们欢欣又喜悦的嗥鸣与吠叫响了起来。格蕾塔的心头翻腾起一股激动的巨浪，但是丝毫没有感到害怕。

月亮被薄薄的云层蒙上了一层面纱，宛如一盏由宣纸包裹着的灯，在山坡上洒下了柔和的灯光。在这如梦似幻的微光之下，格蕾塔似乎确切地知道了小狼崽之歌的声音来源：就在她面前的山坡上某一道树木繁茂的山沟。那声响是如此清晰和接近，仿佛她伸出手就能够碰到它们。她意识到自己从头到脚都在发抖。她从电影中听过的狼嗥不下十次。但是站在这里，真正走到它们的领地中央，感受着皮肤上的那种震颤……好吧，这完全是另一回事了。她靠近洛伦佐，握住了他的手臂。男孩在感受到格蕾塔与自己身体接触时打了个寒战，很是惊讶，并且有些许尴尬。一种意想不到的愉快感受击中了他。

"他们来了!"塞尔瓦耳朵转向前方,宣告道。

在树林的边界,五团阴影从黑暗中显形。他们静止了一瞬,随后目标明确地扑过来。

"他们看到我们了,"里奥叫道,"你们做好准备。"

当洛伦佐和格蕾塔放出那声录制好的嗥叫时,里奥的狼群正好就在阿尔卑斯德拉卢纳狼群的集合区附近,他们自己对此毫不知情,只是碰巧在错误的时间出现在了错误的地点。这里的狼群冲向里奥他们,截住了这群潜在的入侵者。

很快,他们就来到了里奥他们面前。

"你们是谁?"阿尔卑斯的领头狼在里奥面前几步停下了,发出了骇人的吼叫。

"等一下,我们不是来打架的。"里奥回答道,试图安抚他们的情绪。

"那你们来到我们领地的正中心做什么?你们没闻到领地边界的标志物吗?"

"我们是直奔北边去的,这里是我们去北方的唯一路径。"里奥解释道。

"你们从哪里来?"母狼问道。在不久之前与对手狼群的一场冲突中,她的伴侣被杀死了。此刻的她性情多疑,时刻准备着战斗。

"我们来自更南边的锡比利尼山脉。我们迫于无奈,不得不放弃了我们自己的领地。"

母狼的儿子们神经紧张地动了动,蓄势待发,就等着母亲一声令下,好冲入侵者们扑过去。他们全都是身强体壮的公狼。从他们身上留下的伤口不难看出,他们已然习惯了与野猪斗智斗勇。

"我们已经走了好几天了,现在又累又饿,"里奥继续说道,"我们只想尽快找到一处新的栖身之所,并无意侵占你们的领地。"

"那你们挑衅地发出那声嗥叫是什么意思?"母狼体型最大的儿子咬牙切齿地说道。

"我们没有叫啊。"里奥无不错愕地回答道。

"母亲,他们撒谎。"

情况越来越糟糕了。紧张情绪达到了顶点。里奥明白,想要避免一场恶战,他必须表现得更加强硬。

"如果你们放我们过去,我们绝不会再回到你们的领地。但如果你们想要一战,你们就会尝到锡比利尼山脉狼群的厉害,"他吼道,"我们在数量上就比你们占优势。"

母狼迟疑了。她看着布鲁戈强壮的身躯和杰玛眼神中的坚定。她同时也注意到了小刀身侧的隆起,看来不多时就要产子了。

"那就这样吧!我允许你们通过,"最终她回答道,"但倘若还有第二次与你们在我们的领地内不期而遇,我们绝不会手下留情了。"

"谢谢,"小刀说,"你只要告诉我们最快离开你们领地继续向北的路该怎么走就好了。"

"你们往北走就是在寻死!"她冷冷地回答道,目光黯然,"在我们领土以北住着另一个狼群,他们不会放过任何一个入侵者,你们过不去的,"她顿了顿,"你们往西走,沿着溪流走,直到它越来越宽变成一条河。在那下面你们会找到一片属于你们的领地。那里还会有很多食物,包你们够吃。"母狼并没有明确说他们会找到哪种食物。

里奥没有再问别的。他低下头以示感谢，然后转过身，领着他的族群消失在黑暗中。

阿尔卑斯的狼群目送着这群入侵者。

"母亲……如果他们沿着溪流走……他们会遇上戮狼者。"

"我知道。但如果他们能毫发无伤地通过那里，他们就有希望生下他们自己的小崽子。"

第二十二章

"谢谢!"这是他们重新回到车里之后格蕾塔说的第一句话,"这太不可思议了。"

"你没有害怕吗?"

"一开始的时候有一点。但当小狼崽们开始它们的小合唱之后我就一点也不怕了!你说,成年狼们听到它们的叫声了吗?"

"有可能。不过,重要的是小家伙们回应我们了。我之前很是担心:不久之前我发现阿尔卑斯德拉卢纳的领头狼被住在更北边的一支狼群给撕烂了。我很怕它们不能够再狩猎了,小崽子们因此受苦。但是现在看起来一定是雌性领头狼当家作主了。"

"啊……是女性当家作主,"格蕾塔说,"在人类社会当中也该这样呀……"

"来吧,我们来记录一下数据。我来教你怎么填表格,这样下回就可以交给你来做了。"

晚上11点。

调查站：阿尔卑斯德拉卢纳——山区。

回应：第二声呼叫之后。

预计幼崽数量：3只。

"我觉得应该有更多呀。"

"可能确实有更多，但我们不能被回声所迷惑。我们得记录我们所能确定的最小数量。"

他把笔和笔记本收进背包，然后打开引擎。车灯的光淹没了树林。"我们有将近一个小时的车程到达今晚的第二站。如果你想休息，就打一个小盹吧。"

她对他笑了笑，在座位上蜷缩成一团。她闭上眼睛，重新回味起了那股仍然在她心里激荡不已的情绪。

里奥的狼群将整个阿尔卑斯德拉卢纳山脉留在身后，沿着母狼指给他们的那条流水，一路向西进发。山谷变得狭窄，植被也都变了样貌。鹅耳枥和橡树取代了山毛榉。

一只猫头鹰在狼群头顶缓慢滑行。这只夜行的猛禽停在了一块石头上，发出了一声尖锐又诡谲的鸣叫。人类通常把这当作一个不祥的征兆，这一回他们没有搞错。

山谷还在越变越窄，紧抓着斜坡岩壁的树木在狼群头顶弯曲，如同瘦骨嶙峋的手。

突然之间，一堵墙冷不丁地挡在他们的面前。这堵墙又光又滑，从溪谷的一侧延伸到另一侧。在这堵混凝土墙中间，有一条黑洞洞的隧道，那条湍流汹涌地奔流其间，悲伤地向夜空与星辰告别。

狼群失去了方向。他们爬上山谷一侧的斜坡，企图翻越那面墙。越过一面土台，里奥仔细打量着更前方。在他的面前，是一片空地。一股沥青的气味钻进了他的鼻孔。

"这是一条人类的路。"

"我从没见过这么宽的路。"布鲁戈反驳道。

"我们该做些什么呢？"小刀问，"我们是穿过去呢，还是沿着流水接着走？"

"我绝对不要钻进那个黑黢黢湿漉漉的洞里。"法尔考小声嘟囔着。

一辆车的车灯照亮了路面。狼群溜进灌木丛。汽车从他们面前高速飞驰而去。流动的空气猛然击中了他们，令他们寒毛倒竖。

"或许进那个洞也不错。"法尔考打算临阵脱逃。

"不，在那下面我们很有可能会被淹死。我们等着路上没人的时候再过去，"里奥提议道，"我来打头阵。"

他匍匐到金属护栏下方。他的爪子放在了沥青之上。一股烧焦了的橡胶味掩盖了他身后森林的气息，如同一瓶黑墨水打翻在一幅色彩斑斓的画上。

他毫不迟疑地过去了。

在车道的另一侧是一面高约一米的矮墙。在墙顶端，一条金属管道从一侧延伸到另一侧，湮没在黑暗中。里奥直立起来，后爪着地，前爪搭在混凝土墙面上。

他朝墙另一侧匆匆看了一眼，返回与其他狼汇合。

"墙另一边还有一条路。这墙不高，轻而易举就能跳过去。在路的另一侧又开始有树林了。等我到了另一边，我会给你们发个信号的。"

"你别去了，"小刀向他恳求道，一种不祥的预感笼罩了她的内心,"我们另找一条路吧。"

但是这一回,里奥没有听取她的建议。他穿过了无人的街道,一阵助跑。他正打算一跃而起,突然感到一阵震颤撼动了地面。

来不及停下了。他已经在半空中了。

他在另一侧着陆了。两盏明晃晃的车灯令他眼花缭乱,他的耳朵里更是充斥着卡车的轰鸣声。

"格蕾塔?"

洛伦佐温柔地轻拍姑娘的肩膀。

"呃?我们到家了?"她边说边揉了揉眼睛。她看了眼表。接近凌晨一点。

"差不多了,"洛伦佐说,"来吧,最后一站了,完事后我们就回去睡觉。"

"我们得走很远吗?"格蕾塔一边戴上羊毛帽一边问道。她一点也不想离开这温暖的车厢。

"不用,这个狼群的集合点距离修道院只要走十分钟的路。"

"呀!狼是圣方济各的信徒?"格蕾塔打了个哈欠。

"很显然它们很明白该信奉谁。"洛伦佐微笑道。

他们带上装备,开始行动了。

夜空重又变得清朗,在月光的照射下,他们身后拖着清晰的长影。

他们进入了一片茂密而幽暗的千年古树林,沿着几个世纪以来被僧侣不断地行走踩出来的一条嵌入泥土的小径。

格蕾塔仿佛听见了圣方济各会修士们的祈祷声重又回荡在

这片密林粗壮的树干之间。姑娘看着自己那双被舒适的橡胶底靴子包裹着的双脚,想象着穿着凉鞋的修士们,无论寒暑都行走在如今被黑暗笼罩着的自然殿堂中的模样。她感受到了这些人的灵魂,在风中自由自在地奔跑,与自然亲切会晤。她想象着他们抬起头望着夜空,感受着自己体内的光芒。光是想想教堂那沉重的拱顶就使她感到窒息,她想象着成千上万句祷告被困在厚厚的墙壁之间,企图寻求一条出路。但想到修士们同样需要花数小时在这座露天大教堂里徒步,她感觉受到了鼓舞。

修道院的钟声响起,仿佛是在指引她。

洛伦佐在一片草地上停下了,面前是一座不那么陡峭的斜坡,上面长满了高耸入云的树木。

他用扬声器播放了狼嗥。

没有回答。

第二声狼嗥也扑了个空。紧接着第三声也是。他们正打算走,面前的树林里回荡起了脚步声。有什么东西正熙熙攘攘地从山坡上下来,向他们的方向走来。

格蕾塔僵住了,紧紧贴住洛伦佐。"我的天哪,那是什么?"她惊慌失措地絮絮道。

男孩将食指立于唇间,凝神静听。在他那双在月光下闪闪发亮的眸子里,格蕾塔还是第一次读到了几分不安的神色。

脚步声在树干间回响,声音越来越大。声音很近了,而且直奔他们而来。格蕾塔隐约看见几个身影从森林中走了出来。她感觉自己快要跌倒了。

三只小狼跳出树林,进入草地,冲他们迎面扑来。当小狼意识到面前是两个人类时,他们原本欢欣的表情一瞬间变了。上一秒还欢快地摇着的尾巴,下一秒就被他们夹在了腿间。他们三个一秒都没有停留,在草地上打着滑急忙转向,一路狂奔,从哪里来的又回哪里去了。

洛伦佐和格蕾塔张大了嘴,但他们终究是忍不住大笑起来。他们迅速回到车里,既觉得不可思议又觉得妙趣横生。

"像这样的事情我从没碰上过!"一上车洛伦佐便叫了起来。

"我的妈呀,我跟你发誓,在明白过来它们是些小崽子之前,我吓得腿都软了。"

"你看到它们多可爱了吗?看看那些小爪子和小耳朵。"

"萌死了。还有它们逃跑的时候,哎呀,简直像是卡通片里的场景!"

"你知道这是我第一次真正看到小狼崽吗?"洛伦佐边说看边发动了汽车,"我总是听它们叫,或者从监视器里看到它们,但这一次是我第一次面对面地见到它们。"

"那一定是我带来的好运了。"格蕾塔总结陈词道。

这时候洛伦佐的手机突然开始震动了。

"是帕齐尼,我的论文导师。"男孩说道,很惊讶他为什么会这时候打电话过来。

"喂?"

格蕾塔听到手机里传来一个激动的声音。

"我们正在修道院站……对,好的……很快就到。"

他挂断了电话。

"发生什么了?"格蕾塔问道。

"有一匹狼在高速公路上被撞了,"他低声说道,"死了。"

第二十三章

森林警察的蓝色闪光灯照亮了国道旁的树木。

洛伦佐在一辆警车后面停了车。一位警员正在安放示意减速慢行的信号灯。车灯照亮了其他人,他们正在沥青路面上低着头,检查着那匹死狼的尸体。洛伦佐认出了帕齐尼教授。

"晚上好,教授,"男孩说道。格蕾塔止步于他身后几米处。闪光灯,道路,警员。可怕的回忆刺激得她胃里翻江倒海。她靠在警车上,深深吸了一口气。

"你好,洛伦佐……"教授起身,脸却拉着。这时候洛伦佐才发现路面上躺着两匹狼。

"有一匹被撞死了,另一匹刚刚还在这周围徘徊,"教授解释道,"它看起来很慌乱,我们刚刚给它打了一针麻醉药让它睡着了,以免它也被车撞上。"

"你们到的时候它没有躲开吗?"洛伦佐惊讶地问道。

"那可不嘛。"教授抓了抓自己浓密的络腮胡子,回答道。

成群结队的卡车在道路上飞驰，车喇叭发出巨响。锡比利尼山脉的狼群惊得跳了起来。他们从没见过这么吓人的场景。他们本能地奔向他们身后的山谷，消失在灌木丛中。只有小刀呆了一般停留在原地。

"里奥！"她撕心裂肺地叫道。她不顾危险地扑向沥青马路。一辆车在她面前飞驰而过，就差几厘米就要撞上她了。司机都没有时间反应过来踩刹车。他只能冲着后视镜痛骂一句："该死的流浪狗，能把人给害死！"

小刀颤抖着靠近了隔开高速公路上两个车道的水泥护栏。从远处突然又开过来一辆车。沥青路面的震颤预告着对面车道又将开来一辆新的机甲怪兽。想要找到里奥的话，她必须要赶紧起跳了。正在她打算奋力一扑的瞬间，一个深色的狼影越过护栏，落在了她的身边。

"里奥，你还活着！"小刀惊叫起来，舔着他的嘴。

里奥被那些车灯晃得晕头转向，看起来很困惑。

紧接着又有车灯照亮了他们，一声喇叭震耳欲聋。

"这匹公狼看起来没有外伤，"兽医说道，"从它被麻醉之前的举动来看，也没有骨折。它可能只是目睹了那匹母狼的遭遇，被吓傻了。"

格蕾塔靠近了一点，想听得更清楚。她看到了尸体，那是一匹长着光滑的银色皮毛的母狼，现在森林警察们正将她从地上抬起。汽车的撞击使母狼当场死亡。司机停下车来报了警。

看着这具毫无防备的躯体，这个自由自在的生灵就这样被一起交通事故戕害，她的心中升腾起了深深的悲悯和哀伤。她为自己产生了这样的情愫感到惊讶。是谁告诉她的呢？当然了，她选择这个项目就是为了克服自己内心的恐惧，但是她从来没有料想过，仅仅用了两天时间，这份恐惧已然转化成为共鸣。对她来说，进入他们的领地，听着它们的呼唤，还遇见了他们的幼崽，这样的经历已经足以令她爱上这种神秘又迷人的动物了。

格蕾塔看着那匹熟睡中的公狼，发现他的毛皮颜色深如暗夜，与那匹死去的母狼截然不同，和她从洛伦佐的书上看到的那些狼也大相径庭。

男孩仿佛看穿了她的心思。"这是一匹黑变的个例。它有一身黑皮囊。"

"我还以为大黑狼只出现在神话故事里呢。"格蕾塔低语道。

教授听到了她的话。"这是一种相对罕见的基因变异。类似于咱们人类的白化病人。"他边说边从公狼身上抽取了一管血液样本。"我们会把这送去实验室，然后分析它的DNA，这样就能知道更多了。"

"它什么时候能醒呢？"格蕾塔问道。

"我们给它注入麻醉药的解药后没一会儿它就会醒。"教授向她解释道。洛伦佐用一床毯子盖住了狼。严寒之下，这只安睡的动物恐怕要冻坏了。"我们今天晚上就会把它放生，但不会放生在这条高速公路附近。太危险了。"

洛伦佐钻入后备厢，又重新钻了出来，手上拿着一个黑色的项圈，上面装有电池和无线电波发射器。随后他设定频率，并用天线测试无线电项圈是否工作，然后教授将它系在狼的脖子上。狼的眼睛半睁着，长长的粉红色的舌头沾湿了沥青的路面。

拧紧了固定项圈的螺母后，他们将公狼搬上卡车，放在他那死去的同伴旁边。兽医和教授开上了森林公路，洛伦佐和格蕾塔也开着车跟上他们。半小时后，他们走上一条通向树林的土路。

黑狼被安放在林间。兽医正准备注射解药，格蕾塔小心地凑近，想要一探究竟。

"我们得给它起个名字，"教授说，"你想给它选个名字吗？"他问姑娘。

格蕾塔沉吟片刻。"鉴于它的毛色，我觉得可以叫它奥赛罗。嗨，希望你们不觉得这个名字太平庸了。"

"那就叫奥赛罗。"教授微笑道。兽医注射了解药。

他们走远了一些，等着药物生效。为了检测狼是否正常苏醒，他们用一盏聚光小灯对准了他。过了一会儿，黑狼开始移动，做了一些笨拙的尝试想要重新站起来。他四爪着地的一瞬间，被光线晃花了眼，蹒跚地朝着人们的反方向跑去，消失在树林中。

"好的，洛伦佐，现在你有了一匹能检测追踪的狼了，"教授说道，"如此一来你也就摆脱了播放狼嗥这份单调的工作了。"

"我还会有更多的工作的。"洛伦佐回答道。但是很明显，他为这个想法感到兴奋。

一个森林警察来到帕齐尼教授身边。"看起来今晚有好些狼在高速公路上来来往往。"

"为什么？"

"我有一个交警部门的同事刚刚打电话给我。他们接到一名卡车司机打来的电话，说他撞到了一匹狼，在我们刚刚发现死狼的地方向南几千米。"

"同一晚上同一条路上两匹狼被撞？"

"恐怕是的。我们过去看一眼吧。"警员边说边上了车。

轮胎发出凄厉的尖叫，在沥青路面上划出了一道橡胶痕迹。车灯就停在里奥和小刀面前几厘米的地方，他们惊恐地跳进树丛。车上坐着两个在迪厅跳了一整夜方才打算回家的女孩。她们难以置信地看着对方。

"小刀，里奥！"杰玛欣喜若狂，从谷底的灌木丛中走了出来。

"街上的那个势若奔雷的庞然大物是什么呀？"法尔考从一块大石头后面钻出来，尾巴和耳朵都垂着。

"我也不知道，"里奥气喘吁吁，依旧感到精神紧张，"我只知道我刚刚在墙另一侧落地，它的光都快把我给刺瞎了。我紧贴着地面，那个怪物从我身上过去了。"

"你没有受伤。"阿尔巴嗅了嗅他浑身上下，说道。

"我闭上眼睛，再睁开的时候它已经走了，"里奥解释道，"是月亮保护了我。"

等他们从恐惧中缓过神来之后，他们还是决定沿着高速公路下方隧道中的溪流走。水淹到了他们的腹部。隧道底部很滑，他们有被水流冲走的危险。只有依稀看见月亮的清辉洒在隧道尽头，他们这才重新拥有了克服幽闭恐惧的力量。终于，他们从隧道另一头钻出来了。他们重新开始呼吸。他们走出了水流，甩了甩毛皮上的水。他们做到了。可是，里奥看到远处是一片缀满人类灯火的平原。他开始怀疑阿尔卑斯的母狼给他们的建议只是一个奸诈的圈套，以阻止他们回头。

第二十四章

"这和那天的房子是同一个家吗?"一进入洛伦佐家的厨房,格蕾塔忍不住问道。

"我都跟你说我打扫过了。"男孩一边系靴子上的鞋带一边回答道。

"今天什么任务?"

"我们得回到放生奥赛罗的地方,追踪它的位置。"

"现在它正在做什么呢?"格蕾塔问,"我是说,它现在失去了它的同伴。"

"如果奥赛罗和那匹母狼原本就属于一个更大的狼群,它会尝试重新回到族群当中。如果它俩原本就是单独行动的,那它就得找一个新的母狼做伴侣,或者请求加入别的狼群了。"

他们下楼来到院子里,然后上了车。

"公爵小姐!"奥维德突然不知道从哪里冒了出来,绅士地打了个招呼。

格蕾塔应了一声,脸上勉强地挤出一丝微笑。

四轮巨兽驶出基乌西德拉韦尔纳的居民区，沿着峭壁脚下的路前行。而在峭壁之上，韦尔纳圣堂巍然耸立，它如同一只紧抓着山岩随时准备起飞的小鹰。那里也正是圣方济各建造他的第一所教堂的地方，那里的每一块石头都散发着神性。巨大的山毛榉已经在那里生长了几个世纪，仿佛有一条看不见的线，连接了岩石、树木、树叶与天空。格蕾塔迷失在如此美景之中。她想象着这位来自阿西西的圣人在这片巨石脚下全神贯注地祈祷，根据传说，他正是在这里感化了那匹做尽了坏事的狼。在基督教的肖像画中，这匹狼常以黑色的形象出现，格蕾塔不由得想到了奥赛罗。

　　"你去过那里吗？"她问。

　　"你说圣堂吗？说来惭愧，我还真没去过。实在是没空去。你知道的，我要是哪天有空的话我是得回家的。"

　　"你家在哪里呢？"

　　"在利沃诺。"

　　"你都没和我说起过。你说话听起来也没有利沃诺口音呀。"

　　"我不是在托斯卡纳出生的。我父母是撒丁岛人，当我还是个小毛孩的时候他们就带着我举家迁到了大陆上。"

　　"但是你听着也没有撒丁口音呀。"

　　"我跟你保证，要是我够努力的话，我可以对你说上一个小时的话，而你什么都听不懂，嘿嘿！"

　　如今听洛伦佐这么一说，格蕾塔重新从他身上看出了一些典型的撒丁人特征，那片隔海相望的美丽土地格蕾塔小时候去度过假。他身上唯一一处与典型撒丁人特征不同的地方，是他眼睛的颜色。尽管如此，格蕾塔觉得这双眼睛还是让她想起了有关于撒丁岛的其他种种：那是双祖母绿色的眸子，像极了九月的阳光下多风又孤独的小海湾。

"你猜猜我爸爸是做什么工作的？"

格蕾塔摇了摇头。"我不知道，他也是位守林人？"

"他是位牧羊人。"

"不会吧——"她不可置信地笑了，"可是你跑去研究狼了，他得怎么想啊？"

"实际上我所做的研究对牧民也是有所帮助的。如果你很了解你的劫掠者，那么你就会知道该采取怎样的预防措施来尽可能地减少牧场可能会遭受的损害了。"

"不如和我说说你的事吧，"洛伦佐说，"到现在为止我们就光说狼了，别的啥也没聊。我只知道你是一位讨厌被称为公爵小姐的公爵小姐。"

"我和我的家人就生活在这儿，在基乌西，但我刚刚给我自己找了份工作，所以我就离开他们了。"

"他们不同意你来吗？"

格蕾塔叹了一口气。"我该怎么跟你说呢？他们不再支持我了。尤其是我妈妈和我姐姐。那个过分精致的环境真的让我身心俱疲。她们希望我和她们一起在香水店工作。但是拜托了行行好吧，你见过我往脖子上喷那些整过鼻子的贵妇人才爱喷的玩意儿吗？"

"我的话还挺喜欢……"

"……"

"我是说香水。"洛伦佐解释道。

"正如我现在所见的那样，"格蕾塔继续说道，"香水店正是最适合形容我家的完美比喻。家规第一条：藏住气味，盖住真正的气息。总之就是热衷于伪装。"

"你有男朋友吗?"洛伦佐猝不及防地问道。

"你怎么比奥维德还多管闲事,"她回敬道。她看向车外,叹了口气,"直到三年前还是有的。"

"你是说你已经单身整整三年了?真是不可思议。"

"为什么?"

"因为你很漂亮啊。"洛伦佐说,他自己也惊讶于这些词藻就这么自然地从自己嘴里冒了出来。

格蕾塔脸红了。洛伦佐担心自己是不是有些冒进了。

"你一直都这么直率的吗?"

"我可是牧羊人的儿子,"他试着为自己辩白,"他们就是这样把我拉扯大的,不会玩什么复杂的文字游戏。"他冲她微笑道。

这是真的。格蕾塔也正喜欢他如此坦率地面对生活和对待他人的方式。温柔,纯粹,同时又很审慎。当然,除他笨拙地尝试示爱的时候。洛伦佐总能让一切都变得简单。他刚好站在她所处的生活的对立面。她自己一直受困于脑海中迂回曲折的思绪,与其说在解决纠纷,不如说是把自己的生活、人际关系和未来弄得一团糟。有一瞬间她非常真切地感受到自己被他所吸引。但腹部的一紧令她立刻意识到这是个错误的想法。她的眼底重又猛然蒙上了一层哀愁。

洛伦佐注意到了。

"如果我说得太过了,请原谅我。"

她久久地沉默了。光秃秃的树木在他们面前飞驰而去,在森林里落叶铺成的柔软地毯上,太阳为树木画上了长长的影子。

"他死于一场交通事故。"

她几乎可以说是心不在焉地说出了这句话。

"当时我们一起都在车里,我们跌进了水渠里。他晕过去了,而我……我只能在他溺死之前把他拉出驾驶座……但我没能救活他……在救护车赶来之前他已经去世了,"她停顿了一下,"我们从小就认识了。"

她说出了一切,努力不表现出任何情感。仿佛是在谈论天气,或是谈论她妈妈卖的是什么香水。仿佛用这种方式去谈论这件事可以让这悲剧显得不那么痛苦,也让她自己不那么痛苦。

洛伦佐把目光从路上挪开了一瞬,无意间瞥见她的侧脸,他惊呆了。格蕾塔已然热泪盈眶。

"太不走运了。"这是他唯一能做出的评论。

"是啊,真是段惨痛的回忆。"她说。然后她出乎意料地微笑起来,拢了拢头发,然后伸出一根手指到眼睛下面擦了擦眼泪。

格蕾塔是一条被冰面覆盖的河流。这三年来她拼尽了全力想要在这冰面上砸出一道裂缝,让河水流出来,让河道拓宽,最终重新在她的生命中奔流不息。这场悲剧扰乱了她原有的生活,但同时也让她成长了。它令她明白了生命只有一次,它令她扪心自问自己到底是谁,来自家人的期望有多么令她压抑,而贵族的头衔又是有多么虚无缥缈。在这场悲剧之后,她对自己说,一切都该改变了。她想要用自己的双脚去丈量世界,而不是将自己裹在女公爵的舒适褪褓之中。她开始一个接一个地直面自己内心的恐惧。首先是要直面自己身处无法挽救一个自己所爱的人的境况,或者至少要尝试着去挽救一下。正因为如此,她才进修了118和红十字的急救课程。然后便是这个关于狼的项目,她尝试着克服多年以来就妨碍着她自由生活的恐惧。

但是她的生活中有一个部分仍然完全对它避之不及。那便是爱。

但或许是她在逃避它。

"这事情发生以后,我还没有和任何人说过这么多话,"过了一会儿,格蕾塔说道,"我也不知道为什么我就向你倒了这么多的苦水。今天真是阳光灿烂的好天气。"她闭上眼睛继续说道。阳光透过玻璃,亲吻着她的皮肤。

洛伦佐也想这么做的。

第二十五章

"好像每天都在不同的地方。"格蕾塔环顾着他们放生奥赛罗的地方说道。昨天晚上在这片树林里,姑娘的目光完全被黑暗中森林警察的闪光小灯留下的圆形光点吸引住了,就像是舞台上的追光灯,追随着主要演员而动,将其他人都留在阴影里。

现在,新的一天来临,这座天然剧场敞亮了起来,春天正要为它增色添彩。在冬天为种子保暖的树叶毯子上,黄色的报春花睡眼惺忪地打着哈欠,依稀可见的几束洁白的银莲花害羞地藏在山毛榉树的脚下,宛如一个慷慨的徒步旅行者四处散落的珍贵宝石。

"麻烦你抓好信号接收器,劳驾了,"洛伦佐说,"我来移动一下天线。"

滴。

滴。

滴。

"好的,它还活着。"男孩欣慰地说道。

"你是怎么知道的?"

"如果这匹狼死了,项圈发出的滴滴声会更急促。"

洛伦佐将天线指向西南方向时,滴滴声渐强。

"它在那里。"男孩抽出一张小地图,将它铺在汽车的引擎盖上。随后他在他们现在所在的位置和信号最尖锐的那点之间画了一条直线。

"我们还能知道它在哪里?"格蕾塔问道。

"我们很快就能知道了。首先我们得移动位置,然后重复刚才的操作,再画一条直线。两条直线相交的点就是这个无线电项圈所在的位置。我们管这个叫三角定位法。"

格蕾塔眉头紧皱。

"实际操作起来比理论解释更容易理解,"他安慰她道,"今晚之前你肯定就能够学会并完成定位。这样的话接下来的几天这项工作就可以由你负责。你意下如何?"

"那敢情好!这可是向我的几何老师一雪前耻的好机会呀。"

又饿又累。里奥的狼群迫切需要食物。距离上一顿已经过去三天了。小刀已经筋疲力尽。即使她一句抱怨都没有,但她的肚子越来越重了,里奥注意到她经常停下来喘气。

当狼群向峡谷走下去时,人类渐渐变得多了起来。这迫使里奥在溪流附近茂密的灌木丛中度过白昼。尽管心存疑虑,领头狼依旧坚持按照母狼给他们指引的方向前进。至少她对他说的一些事不像是在说谎。

月亮请来了夜晚。伴随着夜色,迷雾也接踵而至。"这是狼忠实的朋友。"杰玛舒了一口气。披上了雾色的隐身斗篷进行狩猎能让猎物看不见他们,但狼的嗅觉和听觉完全没有受到影响。杰玛完全想象不到,不久之后,正是这场大雾背叛了他们。

狼群开始行动了。激流受到无数条山溪的滋养,汇聚成了一条宽广河流。在它的河床上,巨大的人造堤坝产生了轰鸣的瀑布。扬起的水雾散发着极其难闻的气味。狼群本该对此警觉。可是受到了饥饿驱动的狼群,忙于追寻他们沿着河岸嗅到的野兔的踪迹,继续前行。

这时候,河岸开阔成了一片更为宽广的草地。野兔的足迹将他们引到了一片斜坡上,上面有数十个小洞。狼群大失所望:兔子已经安全地躲进它们的地下巢穴了。布鲁戈还不死心,他开始往东走,试着拓宽搜索范围。其他的狼则守在其他出口前,心怀一丝希望,等着截击四下逃窜的兔子。

突然间响起了一声轰鸣,听着很像险些杀死里奥的那个钢铁怪兽发出的声响。一道光扫过他们的头顶。狼群惊恐万分,纷纷弯下爪子,耳朵低垂。

"这是什么声音?"等那束光消失了,小刀忍不住惊叫起来。

里奥抬起视线。一个深色的轮廓高悬于他们上空,那是一条巨大的黑色手臂,越过河流,消失在了迷雾中。而在更高处,昏暗之中挺立着宏伟的建筑物,轮廓模糊,被一连串的人类灯火微微照亮。

沿着河流,身裹迷雾,耳畔是震耳欲聋的不息奔流,狼群专注于追寻诱人的香气,一直走到了他们噩梦的中心:他们来到了一座人类的城市。

距离他们头顶只有几米远的上方,一座天桥跨越河流,一辆夜间巴士在其上飞驰而过。但最令他们胆寒的还是那些高耸入云的大楼,遮天蔽日,令人窒息。法尔考被吓得不轻,失控地撒腿就跑,但他并没有沿着来时的路回去,而是走错了路,跑出了河床,消失在了迷雾中。里奥和小刀在他身后飞奔,想要把他重新追回来。

但是已经太迟了。

夜里三点。整座城市都入睡了。有个人从酒吧里出来,在他身后,金属帘门重重合上,发出巨响。他朝自己的车的方向蹒跚了几步。在坐进驾驶座之前,他溜进一条昏暗的小巷,冲着墙壁解了手。不知道从哪里突然蹿出三匹狼,从他面前列队跑过,无声如鬼魅一般。男人呆若木鸡。他吓得一动不敢动,直到最后那匹狼消失在黑暗之中。他们并没有看见他。他伸出手指揉了揉眼睛,又用拇指和食指揉了揉太阳穴。最后他长舒一口气,把车钥匙放回口袋。"看来我还是走回家吧,喝太多了。"

狼群走散了。杰玛和其他狼沿着河岸逃走了,然后重又经过河滨向山的方向跑去。里奥和小刀循着法尔考的气味,总算是找到了他,找到他时他正蜷缩在一扇幽暗的大门里瑟瑟发抖。但是现在,这三匹狼毫无方向感地游荡在这座大雾弥漫的城市里,漂浮在深深的焦虑情绪中。他们来到了一个凶险又陌生的地方,这里毫无参考点供他们依照。空无一人的街道笼罩于高楼之下。即使没有雾,他们也无法通过星星判断方向,因为街边那些佝偻着身子的忧伤的路灯,照亮了大地的同时却也让夜空黯然失色。在人类的城市里,仿佛就连月亮也抛弃了他们。

峡谷、挺立的山脊、陡峭的溪谷、茂密的丛林、广阔的草地、锐利的山脉,这一切在城市里都不复存在了。

如今爪子踩着的土地硬邦邦光秃秃。大自然的多变与丰富被令人焦虑的形状和空间所取代：直线、完美的几何形状、相同的角度。一切都像是从一个模子里印刻出来的，正如他们在农田里看到的那样。在这座城市筑成的大铁笼之中，里奥他们神经紧绷，几近崩溃。

他们唯一可以做的就是继续游荡，希望可以重新找到回去的路。他们贴着墙根无声前行，时时刻刻担心着哪里突然跳出来一个人类。里奥几近绝望地搜寻着气味的踪迹，可是沥青散发着的臭气与随处可见的狗粪便影响着他。他纳闷极了，这片土地如此贫瘠，又没有猎物，城市里的这些狗有什么好标记的呢。

从一家日本料理餐厅半地下室的厨房里传来了一阵生鱼的味道。但法尔考没被它吸引，他还是像刚才一样害怕。

突然，他们来到了一个巨大的十字路口。越过交通信号灯上闪烁的黄灯，里奥总算是看到了一些熟悉的东西。

"是树！在那下面有一片树林！"他雀跃道。

三匹狼快速地穿过街道。即使是在这般悲惨的境地，他们的步伐依旧保持着优雅与轻盈。只是他们的眼神和不安分的耳朵暴露了他们此刻的心情。

越过人行道，他们踩在了一片修剪过的草坪上。在他们的头顶上，是高大的树木。他们顿时感觉好了很多。可是没过一会儿，他们听见了可怕的吱吱嘎嘎声。一阵微风开始将雾吹散。有什么东西正在向他们靠近——一个在风中摇晃的秋千和一架滑梯。在稍微远一些的地方，有水的味道。也许那条河就在附近了。他们继续前行，迷雾彻底散去了。在他们面前的是一片开阔的水面，完美的圆形，宛若一面明镜。几只鸭子将嘴藏在背部的羽毛里，漂浮在水面上睡着了。两座灯塔的光束扫过了公园。一道闪烁的蓝光刺破了黑夜。里奥他们四下寻找避难所。没有了雾的遮蔽，他们仿佛赤身裸体。距离池塘和儿童游乐场仅几米之遥的地方，有一个大花坛，中间生长着茂密的阔叶灌木丛。他们三个毫不犹豫地溜了进去。

天光渐亮，路灯熄灭了。这座城市正在苏醒。

而三匹狼宛如身陷囹圄。

第二十六章

一轮被雾霾笼罩的太阳从一幢楼后面暧昧地探出头来。人类的生活如同涡轮一般疯狂地运作了起来。里奥饱受折磨。他气喘吁吁。贴地蜿蜒的废气折磨着他的舌头,令他口干舌燥;而在多种不知名的杂糅气味的刺激下,他的鼻孔也不由得有节奏地一张一合。这古怪不安的一切刺痛着他的鼻子和他蜜色的眼睛,浸湿了他厚厚的皮毛。

一辆无轨电车迸发出蓝色火花。又过了不一会儿,汽车的喇叭声惊得他一跳。

他和那个地狱般的世界之间,只隔了厚厚的一堆深色的油性树叶。

他寻思到底该如何从这险境脱逃。他这一匹来自锡比利尼山脉的野狼,到了人类的城市中却只能做一名囚徒。

有那么一瞬间,他觉得月亮已经抛弃了自己。

然而他突然听到了些什么。

那是一个孩子的声音。

一位年轻的母亲牵着她年幼的儿子走近了秋千架。

原本和法尔考一起紧挨着里奥缩成一团的小刀从地上抬起了头。这是她第一次看见人类的幼崽。小宝宝想要爬上滑梯,但这对他来说实在太大了。他爆发出一阵难以安抚的哭声。妈妈将他抱在怀里,把他亲了个遍。她同他一起坐在沙堆上,带他和其他宝宝一起挖一个洞。

"他们和我们的小崽子一样也会在地上刨洞。"母狼低语道。

当阳光重新温暖了空气,更多的妈妈带着宝宝来了。毫无疑问,人类的幼崽和小狼崽们一样无法无天又吵闹,有过之而无不及。

三匹狼藏在密集的篱笆中间,得以观察外界的同时又不会被外界注意到:五彩缤纷的自行车在花园小径上上下下,成双成对的青年在湖畔亲吻,一位戴着蓝帽子的老先生在用面包碎投喂鸭子,与此同时还有人戴着耳机正在晨跑。

"我们就躲在这里,一直到晚上,"里奥压低声音说道,"然后我们就从这里逃走,找到那条河。"他试图安抚他们,正如一个好首领会做的那样。正如老灰曾经做的那样。如果他的父亲还活着的话,他也一定会这样做。然而在他自己的内心深处却并不安宁。在他看来,仿佛这些天来他做的每一个决定到头来都是错误的。离开锡比利尼山脉仓皇流亡,决定不去争夺阿尔卑斯狼群的领土,横穿高速公路,还做出了沿着河流走这么一个愚蠢的决定。这还不是最糟的,现在他还把族群里的其他几匹狼给弄丢了。

小刀感受到了他的沮丧。"这并不是你的错呀。"但这一回她的话没能安抚得了他的心。

两只鸭子迈着小步从池塘里走了出来，摇摇晃晃地走到了那一大丛灌木前的草地上。它们用嘴在嫩草之中翻找，搜寻食物。它们距离狼只有几步之遥。法尔考流着口水盯住了它们。看着猎物近在眼前却不能扑上去，真是莫大的折磨。他的辘辘饥肠撺掇着他采取一个冒险的举动：他动作快如闪电，在他们头顶上探出身子，呈螳螂捕蝉之势。里奥立刻明白了他的意图，冲他发出一声低吠，想要阻止他，但法尔考心意已决。

一阵尖锐的犬吠声惊飞了鸭子。一个正在讲电话的男人松开了宠物狗的牵引绳，那是一只棕皮的吉娃娃，身上还穿着一件红色的羊毛小外套。

"这狗怎么还穿得像个人样？"里奥低声嘟囔道，困惑极了。他们已经习惯了人类的种种奇怪之处，但这个也……

法尔考好奇地盯着那只吉娃娃，他很好奇那到底是不是一条狗。

还有就是，它吃起来会是什么味道的呢。

这条小狗开始嗅花坛里的草叶。小狗察觉到了狼的行踪留下的气息，但小狗误认为那是某种不知名的狗留下的味道。它拱起身子，毫无意识地将自己的后背暴露在了法尔考眼前，还在他面前仅一掌的距离开始排便。这实在是难以忍受的侮辱。这匹年轻气盛的狼正准备咬它，但狗留下的排泄物的臭味令他放弃了这个念头。"这些狗每天吃什么才能臭成这样啊？"法尔考嫌弃道。

当吉娃娃解决了它的生理需求之后，它做出了一个极为糟糕的决定，那就是将粪便用它的后腿刨向身后。散发着臭气的屎块飞到了法尔考鼻子前面的叶子上。这真的是太过分了。就算是再像苦行僧的狼也无法忍受了。法尔考俯身向前，从他紧闭的嘴巴中传出一声深沉的咆哮。小狗惊恐地转过身，在树叶之间，它看到了一对黑如炭的瞳孔，里面熊熊燃烧着黄色的怒火。它转了转眼睛，急忙跳到主人的双腿之间，狺狺不止。那个男人把它抱了起来。他瞥了一眼花坛，朝灌木丛走了一步。然后他的手机又响了起来。他接了电话，走开了，这可极大地宽慰了他怀里的那只小四脚兽，至少在回家之前它的爪子都不会沾地了。

　　刚到下午，法尔考就开始打哈欠。他已经筋疲力尽了。压力与疲惫已经替代了恐惧、焦虑和饥饿，他出乎意料地睡着了。里奥和小刀也蹲着身子，闭上了眼睛。此时此刻，除此之外他们也无事可做。尽管车来车往，鸭子拍打着翅膀，小宝宝们也吵吵嚷嚷，他们还是慢慢滑进了梦乡。天知道那些妈妈如果发现了她们孩子几步之遥的地方藏着三头饥肠辘辘的野狼，究竟会做何感想。但她们可能也不会相信，这些狼并不想把她们的孩子撕成碎片，而是正在梦见锡比利尼山脉高处的草地上温柔的微风。

第二十七章

当里奥睁开眼睛,夜晚重又降临。迷雾又一次笼罩了这个世界。唤醒里奥的是暗处传来的细碎脚步声。他的内心充满了好奇。这也是有原因的:这种小碎步是他所熟悉的。迷雾中渐渐浮现出了一个细长条的身影,拖着一条大尾巴。他不会弄错的。

"你们快醒醒,"他低语道,"这儿有条狐狸。"

"她来这儿做什么?"小刀问。

那条狐狸偷偷地停在了儿童游乐场附近,吃着一块被鸽子漏掉的吃剩的烤饼。然后她朝着池塘走来了,直奔鸭子。她迈着优游自在的步伐,仿佛这个对狼来说分外凶险的地方她倒是熟悉得很。

里奥目光如炬:"这是来自月亮的礼物。"

"嗯,但她也只够我们中的一个勉强填饱肚子。"法尔考迟疑地说道。

"白痴,"里奥训斥他,"我们不能吃了她。她还得留着给我们引路呢。"

法尔考迷惑地打量着狐狸:"但我们要怎么和她交流呢?"

"狐狸并不会说我们的语言,"小刀解释道,"但有一些狐狸能听得懂。"

"但愿这一只就能听得懂吧。"里奥说着,爬出了灌木丛。

那条狐狸悄无声息地靠近一只正在河滨熟睡的鸭子。她以迅雷不及掩耳之势扑上去抓住了它的脖子,然后猛地一咬,结果了它。其他的鸭子吓得扑棱棱飞向水中央。狐狸叼着她的猎物,正准备走。

一转身,到嘴的食物从她嘴里掉了下来。尖牙利爪的狼像一面墙一般挡在了她的面前。狐狸惊慌失措地贴紧地面。

"如果你试着逃跑的话你就死定了,"里奥低吼道,"我们不想要你的命,"然后他一字一顿吐字清晰地说,"你听得懂狼语吗?"

狐狸的耳朵朝前转了转。

"我们迷路了。"领头狼继续说道。现在的状况过于超现实,从一匹狼的视角来看,真的太尴尬了。

"别再抖得像片树叶了,如果我们想要吃你,我们早就那么做了,"小刀安慰她说,"请指引我们离开这座人类的城市吧,拜托了。"

他们那位无言的听者眨了眨眼睛,然后一动不动。

"她听不懂,"法尔考说,"那现在我可以把她吃了吧?"

狐狸突然起身,开始兜着圈子走起来,用奇怪的方式摇头晃脑。

"现在是我搞不懂她了。"里奥忍俊不禁。

"我们给她多一点空间。"小刀边说边动。

"你给我小心一点!"里奥咆哮道,"你要是敢逃跑的话我就把你的头给拧下来。"

狐狸十分笃定地出发了，三匹狼跟上了她。她像是走迷宫似的，总是选择那些更加幽暗无人的小径。里奥彻底失去了方向感。但他现在也无法回到那个有池塘的公园了。如今他不得不完全信赖她。这令他格外恼火，因为狼厌恶狐狸，他们都是些偷吃腐肉的家伙，爱占小便宜的混蛋。

他们的向导没有丝毫疑虑，把他们一直带到城市的郊外。他们几乎没有遇见任何人。唯有一辆汽车的轰鸣声吓到了他们，它的车灯足以穿透迷雾，逼得他们改道走上了一条小路。

终于，里奥闻到了那条河刺鼻的气味，过量的污水排放令河水变得污浊不堪。他平生第一次闻到这种气味还如此高兴。重新找到这条河意味着又找回了离开这座城市的道路，也极有可能可以找到族群里的其他狼。

然而，狐狸并没有朝着河的方向继续前进，而是溜进了沿路的金属围栏的缝隙中。法尔考预感会有好事发生，继续跟在她身后。

"你给我停下来！"里奥冲他下达了命令。但是小狼崽被一阵气味彻底吸引住了。

两匹成年狼又一次不得不去追他。"等我做完了这场噩梦，我要给这个小崽子好好地上一课！"里奥咆哮道，丝毫没发现自己在金属网的缝隙间留下了几簇毛发。

他们穿过一片经人工挖掘过的宽阔土地，在一处高高的土台上停了下来。到处都出现了奇怪的喷气孔。三匹狼停下脚步，踌躇不前。狐狸爬到斜坡中间，看着他们。她似乎在邀请他们继续跟着她。法尔考没让她久等，跟着爬了上去，随即被好一阵复杂的气味所吸引：有水果，蔬菜，肉，鱼。有新鲜的也有正在腐坏的。还有一系列奇特的气味，甚至里奥都不知道该如何给它们命名。有些是他在城市的街道上闻见过的气味，但他一点也不喜欢。

在斜坡的顶端，他们发现自己面对的是大片的垃圾。狐狸把他们领到了城市垃圾场。"如果我带他们去找吃的，他们就不会吃我了。"她一定是这样想的。她没有完全弄错，因为法尔考立即将对她的兴趣抛在脑后，沉浸在这些新气味的大杂烩之中。狐狸看了三匹狼最后一眼，偷偷地小跑溜走了，消失在垃圾堆中。

"这真的是来自月亮的馈赠。"法尔考大叫起来，咬着还带着肉的骨头。身怀六甲还饿坏了的小刀只用两口就消灭了半块牛排。

里奥神情忧郁地看着他们。他甚至没有试图阻止他们。他还想着族群里的其他狼。现在他们已经离开了这座城市，他该去找杰玛他们了。他爬上一座黑袋子堆成的小山，发出一声长嗥。

很快他就得到了回应。杰玛比他所希望的要近得多。

"是他们吗？"法尔考冒了出来，嘴里叼着一条发了霉的香肠，嘟嘟囔囔地说道。

"正是！"里奥欣喜地高呼。他奔向围栏中的通道，又发出一声呼叫。几分钟后，杰玛、布鲁戈、阿尔巴和塞尔瓦从黑暗中现身了。他们在河床上度过了一晚，希望里奥他们能重新找到这条河，回到河的这一边。他们的直觉在一定程度上是没错的。

领头狼邀请他们穿越金属网。小刀也加入了他们，他们个个都发出快乐的呜咽声，互相蹭蹭鼻子，开心地嗅来嗅去。小刀没完没了地舔着阿尔巴和杰玛。

"法尔考在哪里？"塞尔瓦担心地问道。

"我在这里，妈妈！"年轻的小狼喊道，从嘴里吐出了一个遥控器保护套。他知道这玩意儿不能吃,但是橡胶的嚼劲令他着迷。

他们都爬到了垃圾场的顶端。

"当心你们吃的东西,"里奥建议他们,"这些都是人类的食物。"

"绵羊也是人类的食物,"阿尔巴边回答着,边冲向一块包裹着吃剩的熟香肠的油性包装纸。布鲁戈则是用碳水化合物填饱了肚子:他挖出了不少意大利海鲜面。他在咀嚼一块贝壳的时候轻微划伤了牙龈,而他自己甚至没有注意到。

最终,里奥也投降了,开始填饱自己的肚子。他正在一点点地失去力气。但他还是试着将选择范围限制在肉类上,严格来说是生肉上。

狼群没有多想这些食物的来源。只是里奥想知道为什么人类将这么一大堆食物就堆在这里,不加看管,就这样放任狐狸来偷,现在狼也来偷了。但是人类世界中有太多他无法理解的东西了。他还想知道这是否就是阿尔卑斯的那匹母狼所说的食物。

黎明到来了。迷雾消散,里奥的视线越过他们穿过的金属网,看到了外面的草坪。越过草坪,他看到了将他们引到这座城市来的河床。在河的另一侧,向北边望去又有了新的树林和丘陵。前一天晚上,他们从东边过来,迷失在迷雾中,他们经过了这片土地却没有看到它。他们现在处于这座城市边缘平原的最外沿。丘陵从这里开始蔓延。首先是些低矮的小丘,随后越来越高,直到变成了山脉。

他呼唤其他狼,但随即意识到这个狼群已经彻底失控了。法尔考咬着一块婴儿尿布从一堆纸山当中钻出来。当他吃到里面包裹的东西时,急忙吐掉了难闻的包装,用一注疙瘩面汤漱了漱口。阿尔巴开心地将一罐果酱舔了个底朝天，而杰玛则忙着解救布鲁戈，他的头被装谷物的盒子卡住了。塞尔瓦舔着聚苯乙烯托盘上的奶油冰激凌糊糊，而小刀则正在认真地享用半条烤鲈鱼，并小心不被鱼刺卡到。

橙色的闪光灯和发动机的轰鸣声终结了这场盛宴。城市清洁车正在沿街开来，将今天的第一批货送到垃圾场。

狼群从金属网上的洞跳了出去，迅速越过草坪。当他们到达杰玛他们过夜的河边时，他们从水位较低处涉水而过。最终他们走进了树林。

里奥闻到了苔藓、腐殖土壤和湿漉漉的蘑菇的气息。他感到自己获得了新生。在城市的花坛里度过了整整一天之后，在他看来，这片小树林似乎是地球上最为原始最为与世隔绝的大森林。

第二十八章

小刀从一个地洞里探出了头。

"这个可以用。只需要稍微扩大一点就可以了。"她说着,抖落了身上的泥土和枯叶。

人类城市北部的山区被几条乡间小路截断,人类的踪迹也仅仅出现于几座被农作物包围的农庄。茂密的林间,时不时有一片开阔的草地,上面布满了鹿和狍子的新鲜踪迹。有蹄类动物的存在是因为这里是人工耕地:夜间草食动物会偷偷来吃东西。此处的景致肯定无法与锡比利尼山脉壮美的自然风光相提并论,但这已经是狼群在这种紧急情况下所能找到的最好条件的栖息地了。他们必须适应这里,至少要一直等到幼崽出生。在这个时候,为小刀提供一个安全的藏身处比一切都要重要。而且,狼群也知道在绝对必要的情况下,他们可以回垃圾场去翻找东西吃,尽管里奥并不希望听到他们提起这茬儿来。

小刀找到了一个獾的旧巢穴,大小差不多足够供一匹狼使用了。很快,她扩建了自己的产房,并且在洞底堆了一个小土堆,这样一来就算下起大雨,她也不会被水淹到。

小刀布置洞穴时,其他狼则开始为他们新的领地做标记:他们坐拥几座小峡谷、一些小丘还有一座山,山顶上生长着多节的矮灌木。那上面视野极佳,可以看清所有的方向。当天色暗下来的时候,里奥领着小刀来到了这里。他爱着族群里的伙伴们,但如果可以的话,他非常希望挤出一些时间与小刀独处。不过今晚,他们之间的对话却并不融洽。

"从上面看起来,人类城市的灯火看上去也挺美的呀。就像漫天星辰散落在了平原上。"

"嚯,比起那些暴露我们行踪的灯光,我倒还是更喜欢幽暗的林海。"

月亮从一团云后面冒了出来。

"人类是不是也会祈祷呢?"小刀欣赏着那颗对狼而言神圣的星球,好奇地说。

里奥惊讶地盯着她:"说什么蠢话!他们怎么可能会祈祷?他们每到晚上都会把自己关在那些方方正正的可怕巢穴里。"

他抬头看着天空,双眼沉溺在月亮的清辉之中。

"月亮属于狼群,狼群也属于月亮。"他断言道。他朝后仰起头,向天空献上一曲深蓝色的赞歌。在地势更低平的茂密丛林中,其他成员也加入了他的行列。

"也许人类的祈祷方式有所不同。"小刀坚持己见,"也许他们崇敬一些他们在自己的巢穴里也可以赞颂的东西。"

"你怎么了,小刀?你怎么会冒出这样的想法?"

"我只是觉得不是所有的人类都是坏的,仅此而已。"

"你这想法从何而来?"他倍感震惊。

小刀迟疑了:"昨天我看到一个人类女性,带着她的孩子。

我知道这听起来很荒谬……但她让我感受到了温柔。在她的眼中，我看到了爱，和我们对幼崽的爱完全相同。"

"他们爱他们自己的孩子，但这种爱并不能阻止他们杀死我们的孩子。"里奥苦笑着回答道。

"我知道他们中的许多人都是残酷的破坏者，但是……嗯，我不认为他们全部都是这样的。比如说，想想自由区吧。"

"你想说什么？"

"你是否想过自由区为什么会存在？是谁阻止了人们全副武装地砍伐树木，或是像是在别处那样肆意破坏？"

"很简单，因为那是一片神圣的土地。"里奥简单直接地打断了她的话。

"好的，那么对谁来说是神圣的呢？对人类还是对狼呢？"

里奥一时语塞。"当、当然是对狼来说了。"

"如果说对狼来说这片土地是神圣的，那是什么阻止了人类过来把我们给赶尽杀绝呢？"

"在这片土地上是月亮保护着我们。"里奥嘟囔着说道。但他内心的论断已然动摇了。他从没想过这样的问题。

小刀见状，更进一步，表达了一个已经在她脑海里萦绕已久的想法："你有没有想过，其实是人类自己创造了自由区？是他们开辟出一片土地来保护我们狼群？"

里奥瞪大了双眼："小刀，你一定是疯了。你真的以为人类会关心我们的死活吗？"

"你听听我的想法：如果他们真的想要把我们消灭干净，他们早就这么做了。他们确实有能力这么做。"

"不是这样的。他们不能对大自然母亲发号施令。而且终有一天，月亮会为所有惨遭屠戮的狼报仇雪恨。就像古老的故事里预言的那样,人类的王国终将灭亡。从此森林再次覆盖大地,而无尽森林将不再仅是我们的死者安息的地方。"

小刀叹了口气:"好吧……但在我看来你说的这些话来源于许多我们小时候听的那些关于坏人类的童话故事。"

他们俩都沉默了一会儿。

"小刀,我有没有和你说过我第一次狩猎的经历?"

母狼凝视着他。

"就好像发生在昨天一样,"里奥说着,盯着远在天边地平线上的一点,"那时候我正和我的兄弟姐妹在大平原的沟渠那里玩耍。我们的父母呼唤我们过去。我们兴奋极了,心脏怦怦狂跳不止。这是我们第一次参与狩猎,你明白我的意思吗?对一匹狼来说还有什么事比这更美妙又更危险的呢?突然我父亲嗅到了一头大雄鹿的气息。他带着我们循着气味奔跑。终于我们看到那头雄鹿了。我们跑得像风一样快,在广袤的平原上追逐着它。月色笼罩了一切。我们取得了进展。杰玛就在我的身边。文多和斯皮诺在我们身后。我父亲追上了那头生着锋利尖角的鹿,他跑到鹿身旁,跳到了鹿的脖子上。但鹿把他甩开了,让他在草地上翻滚。赛跑还在继续。我们停下来喘口气。我父亲受了点伤,不过他可是一块硬骨头。我们比方才更加坚定地继续展开狩猎。我们在大平原上战无不胜。你知道吗,那时是我的母亲教会我通过闻鹿吃过的草的气息来辨别病鹿的气味……"

他停顿了一会儿,仿佛即将进入一个黑暗的洞穴,内心充满了痛苦。

"我的父母突然闻到新鲜的肉味:那是平原中央的一只死羊。文多和斯皮诺率先咬了上去,然后是我的父母。我和杰玛为这个意想不到的礼物向月亮致敬,稍微耽误了一会儿……这救了我们一命。第一个吐血的是文多。当我的父亲注意到时,他汗毛倒竖。我记得他的眼里燃烧着怒火。我永远忘不了他咒骂人类时发出的咆哮。他的獠牙被染红了,很快就死了,就像斯皮诺那样。至于文多和我的母亲,他们濒死的痛苦更为漫长。首先是后腿瘫软。然后从鼻子和嘴里流出鲜血。杰玛和我无能为力,只能眼睁睁地看着他们死去。"

小刀目光低垂。这是里奥第一次向她详细描述当晚发生的事情,还有他内心的痛苦,以及无能为力的愤怒。

"这就是我的第一次狩猎,小刀。大平原的狼群被一头羊给灭绝了。一头被人类填满了毒药的羊。他们这是要毁灭我们,绝非保护我们。"

小刀不想再反驳他了。她靠近里奥,用额头蹭了蹭她的伴侣。

正在那时,一声陌生的嚎叫攀上了这座山顶。

"是从巢穴传来的,"里奥惊慌地意识到,"而且这不是我们族群的狼的声音。"

第二十九章

那是一匹黑狼。像一个无名的谜一般,从树林里走了出来。

当里奥和小刀赶回巢穴附近的空地时,他出现在他们面前。其他狼已将他团团围住。激烈的咆哮声响遏行云,颇具威胁色彩。

"你是谁?"里奥朝他发问。

黑狼保持鼻子贴向地面,耳朵微垂的姿态。他的双眼凝视着里奥。黄色的眸子周围是深色的毛皮,令他的眼睛看起来更亮了。

"我的名字叫小黑,"他低声说道,"我不是来宣战的。"

"你说的是狼话,但是你的毛色是黑色的。"杰玛咬牙切齿地说。

"而且你的尾巴过于粗长。"阿尔巴嘶嘶地说道。

"所以,你是狼……还是狗?"布鲁戈逼问他,仔细打量着他。

"我是狼!"小黑抬起头来回答。这个问题似乎令他感到了冒犯。

"我们来的那片土地上没有黑狼。"法尔考鼓起勇气反驳道。

"但是实际上，我以前听说过黑狼。"塞尔瓦的话震惊了其他狼。这匹母狼看起来与其说是惊慌失措，不如说是饶有兴致。

"你想干什么？你为什么不尊重领地标志？"里奥问道。

"我正在寻找我母亲的族群。这里是她的领土。"

里奥凑近了一些，想要更好地观察他。也正是在这一刻，他注意到一个粗粗的黑色项圈，被厚实的皮毛遮住了一般。

他退后一步咆哮起来："你为什么戴着项圈？"

布鲁戈和杰玛露出了獠牙。

"我……我不知道。"小黑迟疑地说道。

"你怎么可能不知道呢？你大概是人类的走狗吧？说话！"杰玛催促他。

"我才不听命于人类！"小黑恼怒地回答道，"我知道这听起来难以置信，但是我真的不知道我身上发生了些什么事。当时我和我老婆正在往北走。两束光落在了我们身上。我能记得的最后一件事是布鲁玛倒在地上一动不动，在一条人类的街道上……然后……"他停了下来，呼吸困难。

"接着说。"里奥说道。

"别的我什么都不记得了。我在树林里醒过来后，就发现脖子被这个项圈束紧了。我感到恶心，没法在地上站稳。然后我听到了人类的声音。一束光把我照懵了，然后……然后我就逃走了。"

他看起来很真诚。

法尔考灵光一闪："或许是那些人给他下了毒，然后给他戴上项圈,让他成为奴隶,就像他们对待狗那样。但是毒药没有生效,所以他设法逃脱了。"他满意地下了结论。

"逃离人类的魔掌?在我看来这根本不可能。"里奥并没有被说服。

"也并非完全不可能,毕竟他也成功逃离了那座城市,不是吗?"塞尔瓦提出了异议。里奥有些被这匹母狼的行为激怒了。她为什么为入侵者辩解?

"我很理解你们会不相信我,"小黑打断他们说道,"你们放我走吧,我向你们保证我不会再回来了。"

"你觉得你的伴侣还活着吗?"小刀问道。

小黑低下了头。他多么想相信她还活着,但是他知道事实并非如此。那辆车的一撞是毁灭性的。

小刀为这匹孤独的狼感到抱歉。她萌生了一个想法:"你对这片土地很熟悉吗?"

"是、是的,"小黑惊讶于她的提问,"我就是在这些山丘上长大的。几年前的春天我离开了这里,当时我在更北的地方找到了一块空地……我带着布鲁玛一起去了那里……"他心灰意冷地说道。

"这么说,你也在寻找新家?"小刀叹了口气。

"但这里不再是你的家了,"杰玛明确地说道,"这里现在属于我们。当我们到达这里时,这里没有狼群,也没有领地标记。"

"我并不是要求你们归还领地。"小黑回答她道。

"我们都明白在失去了属于自己土地四处游荡意味着什么。"最终里奥说道,"我们也有一次闯进了其他狼的领土。所以我们原谅你这一次入侵。你可以走了,愿月亮照亮你前进的方向。"

塞尔瓦十分失望地垂下了耳朵。

"听我说，里奥，"小刀低声说着，将她的伴侣挤到一边，"我觉得，小黑看着像是一头强壮的狼。而且他在这片土地上长大。"

"所以说呢？"

"如果我们接纳他加入族群，那么他可能在狩猎中会大有所为，你不觉得吗？"

"你先是为人类辩护，然后又想收留这种不狼不狗的东西？！他那条项圈散发着人类的臭气，从这里我就能闻见。"

"法尔考的解释可能是正确的，"小刀坚持说道，"至于他的毛色，你没听到塞尔瓦说的话吗？这片土地上确实有黑狼。"

"我不信。我觉得这件事会给我们带来麻烦。"里奥执拗地说道。

小刀不再多说些什么了。她只是看着他的眼睛，等待里奥自己整理思绪。

领头狼叹了口气。小刀很少提出草率的建议。而且他厌倦了自己总是做出错误的决定。

"他也没有要求加入我们成为族群的一员，"里奥反驳说，"也许他自己更想离开。"

"我相信塞尔瓦会是一个让他留下的好理由，"小刀说，"她喜欢他。你看看她是怎么嗅他的。"

第三十章

风无拘无束地吹拂着。它将云彩吹得鼓鼓的,也轻挠着格蕾塔的肌肤。一缕头发遮住了格蕾塔的眼睛,寒冷令她打了一个愉悦的寒战。她觉得自己充满活力。

滴。滴。滴。

她将天线对准最近三天她和洛伦佐锁定奥赛罗位置所在的区域。这是她第一次独立进行三角定位。实际上,这也是她时隔多年之后第一次独自回到森林,当她询问洛伦佐时,尽管他有些犹豫,但最终还是同意她单独行动了。另一方面,他也有一大堆数据需要整理,一整个没有实地考察活动的下午对他来说是舒服惬意的。

借助一枚带有内置量角器的指南针,格蕾塔找到了奥赛罗的信号传来的方向。然后她沿着一条盘山而上的土路行驶了几千米。她一边开着车,一边用余光看着道路两旁的树木,仿佛那里会有一匹狼蹦出来。她很想再看见一匹狼,越快越好。洛伦佐说得一点没错:当你真正了解狼的时候,你就不会再害怕它们了。

光标在一个空白单元格中闪烁，等待着洛伦佐输入下一个数据。男孩出神地盯着他倒映在屏幕上的面庞。他清醒过来，摘下眼镜，用手指揉了揉眼睑。三个小时过去了，他什么也没做。他的思绪不断地绕回到格蕾塔身上，不断地回想起他们一起度过的时光。

他担忧地看了看时钟。即使没有积雪，土路也可能充满了危险。他后悔放任她独自一人前往寻找奥赛罗的踪迹。

随后，轰鸣声响彻庭院。他冲到窗前。是她回来了。

他看着她从越野车上下来，满面笑容地和从窗户里探出脑袋的奥维德打了招呼。她看上去欣喜若狂。

她迈着凯旋的步伐进了房间。"怎么了？你是在担心我吗？"她用开玩笑的口吻问道。

"怎么会，瞧、瞧你说的。我就知道你……你肯定做、做得到的。"

"那你怎么搞的，怎么结巴成这样了？"她说着拿出了小地图，"在桌上给我多腾点空，拜托啦。"

"你找到它了？"

"找到啦，你猜猜它在哪儿？"

洛伦佐观察着格蕾塔在地图上标记的点。"和过去几天一样，在同一片区域。你做了三角定位并确认过了吗？"

"做过了，"格蕾塔自豪地说，"数据已确认。"

"那么看起来它是在这里安居了。"

"或许它重新找回了它的族群，又或者它遇到了另一群狼，然后加入了它们。"格蕾塔猜想到。

"大概是吧。"洛伦佐说，"直到前一阵子在那片山丘上还有一大群狼。但是后来它们消失了。怕是因为春季大扫除。"他撇着嘴说道。他指的是一些考虑欠妥的牧人的做法，他们会在树林里播撒毒饵，为的是消灭对牧群的一切威胁。

格蕾塔眉头紧蹙，说："我希望它会好好的。我不希望它会由于过于虚弱或者生病了离开这片土地。"

洛伦佐把眼镜向鼻梁上推了推。"唯一一种知道的方式就是安置一些摄像头了，"他看了一眼手表，"还要过几个小时才天黑，我们可以马上开始行动。"

"但是你不是还得整理你那些数据吗？"

"我试着做了，但我今天总是走神想别的事情。我得出去透透气了。"

小黑十分高兴地接受了里奥的邀请。主要还是因为他脱离了族群，又失去了伴侣。小黑会为里奥他们的狩猎提供帮助，作为回报，他获得了保护、陪伴以及食物。

新的一天刚开始，这位新成员就把狼群带到了一片未经开垦的草地上，为数众多的鹿常光顾于此。他们看到远处有一小群高大的雄鹿，在距离一座小村落不远的草地上吃草。

"等天黑了，我们可以去抓一头。"小黑说。

其他狼惊讶地看着他。

"去抓一头长着大角的雄鹿？而且是在没下雪的天气？"里奥反问道。在他的印象中，最后一个尝试完成如此壮举的，是他的父亲。

"我有一个窍门。"小黑回答道。

洛伦佐将最后一个摄像头安在了一棵橡树的树干上。他用一些小树枝将它伪装起来，同时小心注意不遮挡到镜头。

"看到了吗?当动物从这个摄像头前经过,这个传感器就会感应开启录制。而且有了红外感应,摄像头在黑暗中也可以录制影像。"

"但愿奥赛罗会从这里经过吧。"格蕾塔嘴唇上涂了些唇膏。干冷的风令皮肤变得干燥。

"我对此很乐观,毕竟我们装了五个摄像头呢,"洛伦佐说,"全都设在战略要地,必经之路上。"

"你要用吗?"格蕾塔将那支唇膏递给他,问道。

"要的,谢谢。"

他扯出一个笑容,双唇抿成了两条细线。他把好些唇膏涂在了下巴上,还有鼻子和上嘴唇之间。

格蕾塔乐不可支地看着他:"你还是给我吧,你们男人真的做不来这种事情。"

她靠近他。洛伦佐笨拙地将双唇噘起来。

"保持自然就好。放轻松,微微张开。"

洛伦佐重又抿起了嘴唇。

"真是无药可救。"她说着,用两根手指固定住他的面颊,让他的嘴重新摆出一个正常的样子。

洛伦佐感到自己的心脏在胸腔里怦怦跳动。他从未如此近距离地看过格蕾塔的眼睛。但是他在紧张什么他自己也不知道。

"好了,完成了,"她说,"我的妈呀,累死人了。"

洛伦佐挪开了视线:"我还是更擅长弄天线和无线电项圈啊。"

第三十一章

这天晚上的月亮迟到了。星辰在澄澈的夜空中清晰可见,闪着明亮的光芒,照亮了新领地的夜晚。

"你确定要在距离人类村庄这么近的地方捕猎吗?"里奥担忧地问道。

"这村庄基本上没人住了,"小黑安抚他道,"在我还小的时候,我们经常来这里。"

接着他便向其他成员下达指令:"你们把一头鹿赶到这条枯涸的水沟里去,然后往下赶,朝那个方向。要注意,鹿会从栅栏的空隙里钻过去。"

"对付这个我们可是行家里手了。"回想起过去总是在峡谷展开的伏击战,阿尔巴无不骄傲。

"那么我们这头正追着雄鹿呢,你要干些什么呢?"布鲁戈发问了。

"我来让它停下脚步。"小黑答道。

"一头全速奔跑的雄鹿能把你撞得七荤八素。"塞尔瓦警告他道。

"别担心,"小黑说,"你们只需要考虑怎么把它赶到我这里来就行了。"看着他自信满满的模样,里奥决定放手让他一试。

狼群包围了村庄西侧的大片草地。村里坐落着零星的房屋,只有几间屋子的窗户亮着灯,但不一会儿也都熄灭了。在这片土地上,人们就和家禽一样,日落而息。

这片草地被密密丛生的欧洲榛树包围着,除了在草地东侧,有一小丛年轻的橡树不安分地伫立着,对着微风发出警戒的絮语。

亢月之夜,群鹿的身影如同遮阳布上的暗色斑点。里奥仔细观察着那些暗影,想要选出其中最好的一头来当猎物。一只红角鸨有节奏地鸣叫着,为狼群的出击倒计时。

里奥下令行动。一时间,他感觉仿佛回到了锡比利尼山脉,但是这里并没有可以驱赶猎物进入的峡谷。有的只是一只戴着项圈的黑色怪狼,肩负着只身拦下一头重达一百五十千克"高速公鹿"的重任。

里奥锁定了一头独自吃草的雄鹿。很快,这长着蹄子的家伙意识到了危险,朝着树林一跃而起。阿尔巴一个闪电般的加速,拦住了鹿的去路,沿着缓坡将鹿朝下赶去。狼群在猎物身后围成了一个半圆,逼着它不得不朝村庄逃去。这头顶着尖角的强壮雄鹿就这样踏入了小黑指定的那条沟渠。

直到此刻,一切都按照计划进行着。

这条沟里没什么水,在坚实的土地上,雄鹿夺路求生。在它面前,这条沟渠将一丛丛茂密的欧洲榛树一分为二,在那之后是一片豁然开朗的广袤草地。

突然之间,一个黑色的身影从灌木丛中冒了出来,截住了它的去路。

这时候停下来再改道已经太迟了。雄鹿低下头,以角相抵:它具备撞飞对手的能力。塞尔瓦很是担忧。她的脑海里浮现出了鹿角刺穿小黑的胸膛,雄鹿脖子猛一发力将他抛到空中的画面。但是她并没等到鹿角刺入肌肉的闷响,取而代之的是一阵金属质感的声音。雄鹿不受控制地重又落回地面,鹿角缠上了生锈的带刺的铁丝网。一道年久失修的栅栏在夜色中埋伏着,像蜘蛛网捕获苍蝇一样抓住了它。强烈的冲击几乎要把那些拉网的木桩连根拔起。

狼群随即来到了他们的猎物跟前。雄鹿一边试图用后蹄踢向他们,一边狂乱挣扎,想要解放双角。徒劳无功。它越是挣扎,缠着鹿角尖的铁丝越是一团乱麻。布鲁戈扑向了猎物的脖子。

"慢着!"里奥向他命令道,"放着让法尔考来。"

年轻的小狼愣了一下才理解了首领下达的命令。布鲁戈也在一瞬的惊讶过后才明白了这道命令的意图。在这个不算太危险的境况之下,里奥想给法尔考一个机会,让他亲口终结他的第一只猎物。

法尔考的小心脏怦怦狂跳,长长的犬齿刺穿了雄鹿的喉咙。这样的画面他看过好多次,里奥这样做过,布鲁戈也这样做过,但亲身体验就完全不是一回事了。雄鹿发出了一阵沉闷的哀鸣。猎物滚烫的血液充盈了小狼的口腔。雄鹿的气息渐若游丝,最终它的心跳停止了。

"干得漂亮,我的孩子!"塞尔瓦满心骄傲地说。自从小黑加入狼群以来,这匹母狼的漠然就烟消云散了。她用力地舔舐着法尔考的吻部,小狼摇头摆尾,上蹿下跳,一时间又是激动又是震惊。

"我等不及要告诉小刀这个好消息了。"塞尔瓦说。里奥的伴侣留在巢穴里休息:随着分娩的日子渐进,如今的小刀已不再适合参与狩猎了。

小黑靠近那头死鹿,低着脑袋,垂着尾巴,恣若狼群中的普通一员。他请求领头狼准许他进食,里奥慷慨应允。小黑用来诱捕雄鹿的妙计令他深深折服。

"要是木桩撑不住了,你可能会被撞翻,"他说,"你的表现非常勇敢。"

小黑没有回答。他扯下重重的一块肉就离开了,远离狼群独自享用起来。

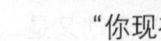

"我可等不及啦。"格蕾塔坦言道。

"你还得再等一下,"洛伦佐止住了她,"要等手提电脑开机呀。"

两个年轻人坐在一个摄像头附近的大石头上。洛伦佐将相机的存储卡插入电脑。

"太棒了!我们有三段影像!"他欢呼雀跃。屏幕上出现了一只健壮结实的动物,探着鼻子在枯叶堆里翻翻找找。

"啊,是只獾呀……"他无不失望地小声抱怨道。

第二段视频里的是一只过路的狐狸。第三段里则是两只鹿小口地嚼着一棵小树的新芽。

"没拍到狼。"格蕾塔咬着嘴唇。

"你可别对它们产生感情。"洛伦佐一边劝诫她,一边把智能卡片重新插进了摄像头。

"你现在跟我说也太迟了!"她反驳道。

"你这样可不够称职，一个优秀的调查者不应该在工作中掺入情绪。"此言一出，洛伦佐立刻意识到这句话同样也是在给自己警示。他羞红了脸。

第二个摄像头什么都没拍到。

而第三个摄像头则是拍到了两段影像。第一段拍摄于前一天，落日前的一小会儿。

"万岁！"格蕾塔从镜头里认出了在队伍中行进的奥赛罗，立刻欢呼起来。她松了一口气。

"咱们的大黑狼看起来找到了很棒的伙伴呐，"洛伦佐说，"一头，两头，三头……六头灰毛狼！"

"它找到了狼群！"格蕾塔欢呼着举起拳头，摆出了胜利的姿势。

"这么快就找到了，真是让人惊讶。"男孩扶了扶眼镜说道。

"也说不定奥赛罗和那头死于事故的母狼之前就属于这个狼群呢？"格蕾塔大胆猜测道，"没准呀，它们就是你之前以为被杀死了的那一群狼呢。"

"是，有这个可能。但我还是觉得奇怪，因为很长一段时间都没有来自这个地区的信号报告了。"洛伦佐疑惑道。

"有没有可能是一个来自远方的全新族群呢？"格蕾塔问。

"唔，一般来说流散的狼都是单独行动的。我从没听说过有一整个狼群从一处迁徙到另一处的……"

"但它们可是狼，一切皆有可能，不是吗？"格蕾塔微笑着说。

我的老天爷啊，她可真漂亮。洛伦佐心想。

他打开了同一个摄像头在深夜里捕捉到的第二段影像。

"它们又来了！"格蕾塔惊喜地叫道。

男孩的鼻子凑到了屏幕前。"这是一头雄性领头狼。你看它那条朝上的尾巴。"

"它嘴里叼着的是什么？"

"看起来像是一条鹿腿。"洛伦佐猜测道，拖回光标想要再看一遍全过程。

"太棒了！这么说它们去狩猎了。"

"母狼快要生小狼的时候它们都会这么做。"

"这狼也太体贴了！"格蕾塔叹了一口气，"看看它丰茂的皮毛，还有它庄严的步伐。"

这才是真正的贵族。她内心默想。

"奥赛罗状态很好。比起放生那会儿它看起来没有变瘦。"

"看看队尾的那头！"格蕾塔指了指，"太滑稽了！"影片的结尾，法尔考停下来警觉地望向摄像头，然后逃走了。

"他看到LED红外灯就逃跑了，"洛伦佐笑道，"教授肯定会对这两段录像特别满意！多亏了奥赛罗的项圈，我们才可以追踪到一整个狼群的行踪。"他欢呼雀跃，"你明白这得是有多幸运吗？"

"这是你应得的。"格蕾塔热切地握住他的肩膀，微笑着说道。也就是在一瞬间。他们四目相对。

格蕾塔羞怯地拿起小书包。她没有料想到会发生这样的事。她还没准备好面对这一切。

第三十二章

一阵狂乱的犬吠声惊醒了里奥,他猛地跳起。
"怎么回事?"他连忙问他身边的同伴。
其他狼聚拢在他身边,耳朵齐刷刷地转向嘈杂的犬吠声传来的方向。
太阳尚未升起,但夜晚的暗影已经溜出了峡谷。
除了狗叫声,塞尔瓦还听到了些什么别的。
"是人类的声音!"赛尔瓦惊呼。
小黑凝神静听。他是唯一一个看起来镇定自若的。
"发生什么事了?"里奥问他。
"是猎人来了。"他平静地答道。
"上我们的地盘来了?"杰玛咆哮道。
"是的,"小黑回答道,"从我年纪还小时起他们就一直这样。"
"这么说我们身处险境了。"小刀惊呼。
"不,他们不会来这个山谷的。他们就是来打野猪的,而且如果你们按照我所说的去做,咱们也能从中获利。"说着小黑便朝着一座小丘的方向出发了,步履轻盈。小刀躲进了窝里,族群里的其他狼跟着黑狼走了。里奥想到接下来还必须与人类打交道,他便没有为此狂怒。但他感到泄气又纳闷,自己从何时起不再执着于自己纯粹的狩猎理念,从何时起不再果断拒绝依傍人类。他感到自己像是河里一根随波逐流的树枝,无法选择一个方向,走上属于自己的道路。

从高处,狼群看到了许多人驻扎在山谷之上,毗邻小刀的窝所在的那个山谷。他们身着荧光橙色的夹克埋伏在那里,彼此相隔约三十米,连成了一条横穿山谷的长线。而在他们下方的密林深处,围猎者和猎犬正吵吵闹闹地前行着。

"我看到了猎枪。"法尔考恐惧地说道。

"是用来打野猪的。狗会把野猪从树林里撵出来,然后把它们赶向带着枪的猎人。"小黑解释道。

"这样他们也会杀了我们的鹿!"里奥咬牙切齿道。

"一般来说他们只打野猪。"小黑让他放宽心。

"那么这会儿我们该怎么办呢?"布鲁戈问道。

"跟着我走,你们就明白了。"小黑胸有成竹地说道。

一堆金龟子的幼虫。

表皮酥脆,内里多汁。真是一道美味佳肴。

野猪胃口不错,一口吞完了它们。它将自己弯曲的獠牙插进泥土,随即又掀起了另一块草皮。

山丘披上了粉红色的外衣,乌鸫的第一声啼叫宣告着黎明的到来。这只落单的老家伙可以说是吃饱喝足了。它整夜都在橡树脚下狼吞虎咽。如果忽略那几声令它瑟瑟发抖的狼嗥,这可以算是一个安静的夜晚。不过,这已经是属于过往的恐惧了,当它还是一头身披条纹的小野猪时,狼嗥给它留下了恐怖的记忆。但是现在,它已无所畏惧:它坚实的皮毛之下包裹着重达百余千克的肌肉,即使遇上了一匹强壮的狼,它都可以凭借它弯刀般的獠牙昂首一战。它甚至还巴不得遇上一匹狼,为自己小时候挨过的那些无眠之夜报仇雪恨。

它正要走到灌木深处时,比狼群更危险的威胁横在了它的面前。毫无疑问,那是猎犬的狂吠声。这天早上,围猎者选择了在这只野猪栖息的山谷展开狩猎。

野猪鬃毛倒竖。它原地打转了两圈,但并未想好该何去何从。它是一头上了年纪的雄猪,非常了解猎人布下的陷阱。它又思考了一会儿。犬吠声越来越近。它有两个选择:要么正面面对他们,并尝试从围猎者的队列间溜走,要么就去高处的山谷碰碰运气。

它终于下定了决心。它知道在高处,茂密的灌木丛之间,有一条很难展开捕猎的小径。它本就该直奔那儿去的。比起将自己丢进猎狗群里,试着从枪口下突围,跑向高处的山谷才是更好的选择。猎犬的数量似乎在增加,他们丝毫不给它喘息的机会,到处撕咬着。这帮该死的狗可真是能生。没关系,无论来多少条狗它都能用獠牙把他们开膛破肚。相较而言它还是更愿意和狼打交道,至少他们是惜命的,而狗则时刻准备着用自己的牺牲来换取主人的欢心。

一名年轻的猎人不知检查了多少遍猎枪的保险栓,嗯,没问题。

这是他第四次参与狩猎野猪,同样也是第四次被年长的猎人分配到一个极其糟糕的蹲守点：在一团由荆棘和灌木丛交织成的乱麻之中。

"如果有野猪从这里钻出来，我要是能在它从我眼皮底下溜过去之前看到它那还真是个奇迹了。"他埋怨道。

突然他感到一阵寒意，沿着他的脊柱蔓延。他慢慢转过身去，觉得有人在监视着自己。他眯起眼睛，凝视着自己身后茂密的丛林。他仿佛看见树木之间有什么东西在动。

"快冷静下来，"他对自己说。"只是你自己心绪不宁罢了。现在把注意力集中在野猪身上。这次一定能成功！"他重重地舒了一口气。

他端起猎枪，等待着。

那头雄野猪向上坡跑去，身上的每一块肌肉都痛苦地肿胀着。在它身后的树林里，但凡是猎犬和围猎者所经之处，凝着霜的叶子都会被碾得粉碎。现在它已经跑到年轻猎人伏击处附近了。它知道，如果它成功从那里突围，自己从此就安全了。它途经了一段干燥的地陷，这里引领它走向它所寻找的小路。荆棘和树枝抽打着它，但是它并没有感到疼痛。它撞翻了一棵已然倒下而且腐烂了一半的树。树干瞬间炸成了万千碎屑。

它终于看到了，前方正是它所寻找的茂密灌木丛。除了那些盘根错节的带刺灌木之外，它还得穿过一小段没有遮蔽的区域，那里是最危险的地方。猎枪在那里等待着它。

突然之间，一个黑色的身影不知从哪里冒了出来，与它并肩狂奔。是另一头雄野猪，和它一样是个大块头。若是换作平时，它们会用獠牙一决高下，但现在不是时候。同是天涯沦落"猪"，它们在荆棘丛中夺路狂奔。

最终，它们跑到了没有荫蔽的开阔地带。

那位年轻的猎人将食指搭在扳机上，准备就绪。方才他突然听到一阵声响，像是有树被撞断了。随即又是狂奔的动物踩踏树叶的声音。

"这一次它们打这儿经过！"他兴奋地低语道。

树林中冒出了两头体格巨大的野猪，并驾狂奔。年轻猎人的心都提到嗓子眼了，他瞄准并开了枪。

闷声一击。

黑色雄野猪的口鼻上升起了一朵血色的云，它身体朝前栽倒在地，掀起了好些泥土和树叶。年迈的雄猪继续狂奔。它从眼角瞥见一棵树下有红色的身影。为了活命它猛然右转，试图突破猎人设下的防线。它如同风暴一般迅速穿过这片开阔的区域，树林就在它眼前。最外侧的灌木已近在咫尺。

"我做到了。"它正兴奋大叫。

但是它高兴得太早了：年轻猎人的第二枪结结实实地击中了它。这一击让它脚底打滑，但它还没有摔倒。随之而来的是刀割一般的痛苦。几年前同样的事情也发生在了它的身上，一颗子弹刺穿了它的肩部肌肉，停在了骨头附近，幸好没有骨折。那个时候它撑住了。但是现在它觉得伤口与那时不同。子弹射穿了它的肚子。它正在流血，血如泉涌。尽管如此，在肾上腺素的作用之下，它依旧没有倒下。它一直奔跑，直到把犬吠声远远甩在脑后。在它身后，树叶在疾驰的四蹄之下化为齑粉。它的视线模糊了起来。到最后，它的力量仿佛被抽干了一般，不得不放慢脚步。它用尽最后一点力气转过身去，想要面对它身后的追击者，但它再也支撑不住了。它的血几乎流干了。

它眼前的最后一幕是一头黑色的狼咬住了自己的脖子。

随后它跌倒在地。

其他的灰色身影也扑到了它的身上。

第三十三章

帕齐尼捋着胡子，眼睛里闪烁着光芒。

"拍得太好了，孩子们，你们太棒了！咱们的大黑狼会给我们带来极大的成就。"

洛伦佐和格蕾塔面露疑色地看着他。

"奥赛罗可不是一匹普普通通的狼，"教授解释道，"分析实验室的人和我说，它的黑毛不是因为黑变病，而是因为它是个混血。"

"什么意思？"格蕾塔追问。

教授解释了起来："也就是说，它之所以生着一身黑皮毛，是因为它是狼和狗杂交而诞生的产物。一般来说，这一类混血狼的毛色都会比普通的狼要深，有时会是纯黑的，正如奥赛罗那样。"

"请等一下，"格蕾塔疑惑地说，"狗和狼还可以杂交的吗？我之前都不知道。"

"没错。狼和狗是不同种但可以彼此杂交的生物，"帕齐尼解释道，"通常来说这两种生物会憎恨彼此，但在少数情况下会出现狼与流浪狗或者野化家犬结合的情况。"

"流浪狗或者野化家犬……这有什么区别？"格蕾塔问道。

"严格地说，流浪狗就是我们说的丧家犬，没有主人，但是期盼着能有人类收留，给它一个家。而野化家犬，或者说野狗则生活在人类世界以外。通常来说它们会伙同其他野狗组建正儿八经的族群，它们会开始捕猎，虽然论组织比不上狼群，但很多时候其实是它们伤害了牧群，而罪名却被归到了狼的头上。"他咂了下嘴，"奥赛罗是第一头带上电子项圈的混血狼。多亏了它，我们现在可以研究这个特殊的杂交种的各种行为了。"

这时候，教授的手机响了起来。

"不好意思。"他说着便起了身，离开了房间。

两个年轻人留在房间里。自从上次之后，格蕾塔再也没跟洛伦佐说过一个字。她看起来颇受其扰。

就洛伦佐而言，他比以往任何时候都要困惑：在过去的日子里，他们俩似乎已经建立了良好的感情。但也许这只是他自欺欺人罢了。很显然，他现在把一切都搞砸了。

他想说些什么来打破这个僵局，不过他没机会这么做了。教授又回到了房间。

"不可思议。"他评论道。

"发生了什么事？"洛伦佐连忙问道。

"一个老朋友打电话给我，他是个猎人。今天早上他和他儿子跟着他们的猎队一起去打野猪，就在奥赛罗它们活动的那片区域。他和我说发生了一件匪夷所思的事情，"他颇有兴致地说，"狼群参与了猎人的狩猎。"

洛伦佐和格蕾塔转了转眼睛。

"他的儿子射中了两头野猪。有一头只是被射伤了……然后你们猜谁给了它最后一击?"

"您可别说是……"洛伦佐难以置信地启齿。

"没错,他们在蹲守线之外找到了被狼群撕得半碎的野猪尸体。"

"不会吧——这不可能!"

"他跟我打包票说自己亲眼看着它们逃跑了。当中有一头狼是黑色的。"

"您觉得这只是一个个案还是说这是一场……有预谋的行为?"洛伦佐问。

"我朋友和我说这种事之前也发生过几次,受了致命伤的野猪就这么凭空消失了。既然狼也参与其中,那么说明这明显是一个经过精心计划的行动。我也很好奇这种行为是否与奥赛罗还有它的混血身份有关。"

"希望猎人们不会找它寻仇。"格蕾塔说道,她很担心这种偷窃行为可能造成的后果。

"我对此并不担心,"帕齐尼向她保证,"我和这个猎队的成员有交情,我可以保证他们永远不会朝受保护的物种开枪。"

格蕾塔扬起一侧的眉毛,并不信服。

"相反,这是一个研究狼群适应性的绝佳机会。我们需要通过遥测器来盯着它们,并且昼夜追踪它们的行踪。还要用摄像头来收集更多材料。你们同意吗?"

格蕾塔和洛伦佐点了点头。

"一群和野猪猎队一同捕猎的狼……"教授喃喃地重复道,"对狐狸它们倒是不屑一顾,这群家伙啊。"

两盏明晃晃的车灯刺穿了黑夜。

一声刺耳的刹车声驱散了雾气。

然后响起了各种声音,一团混乱,在道路旁的灌木丛间展开了一场生死逃亡。

随后是刺痛和浓浓的倦意。

一切陷入黑暗。

再后来是一片高大的枞树林,树下是蕨类植物铺成的地毯,犬吠声响彻上空。

还有其他操着陌生语言的声音在说:"开枪!把那两只都打死!"

小黑在半夜突然惊醒。在他身旁,里奥和其他狼都睡得很沉:这次狩猎野猪很成功,他们每个的肚子胀得像瓜似的。

小黑伸了个懒腰。现在他睡意全无。他决定下坡去泉眼那里喝两口。里奥把野猪的肝脏和肺分给了他,作为捕猎的嘉奖。他美美地吃上了营养丰盛的一顿,但这也令他感到非常口渴。

他很喜欢里奥。他认为他是一位很好的领袖。有的时候他似乎不是很有作为领头狼的自信。但是他愿意信任他人。这也是他第一次获得一位领头狼的信任,而且里奥并没有在意他的毛色。

他沿着小径一路走到了泉水跟前,解了渴。他的注意力被下方山谷里的一盏灯吸引住了。农舍门廊上的灯泡亮着,仿佛落入树林的星星。小黑就像是一位被灯塔指引的水手一般,没想太多,就向山谷里走去。

母鸡愤怒的咯咯叫声搅扰了老农夫的美梦。那是一个由青绿色的大海和黄金色的沙子织成的梦。老人翻了个身,希望母鸡叫声也是梦的一部分。但不幸的是,在热带海滨上可没有家禽的踪影。他睁开眼睛,仔细聆听。母鸡仍在持续喧闹着。"那可能是狐狸来了,"他对自己说,"但是它想转几圈就让它转去吧,这偷鸡贼。"他的母鸡在一个木笼子里好好地关着呢。"兔子!"他突然想起来,急忙起身。"我忘记把它们给关起来了。"

自从他丧偶以来,记忆力就一直在跟他开糟糕的玩笑。他感到越来越疲倦,吃力地保持着农耕生活的节奏。他不止一次想要把这里的一切都卖了,然后去一座海边村庄生活。

他眯眼看着窗外。他隐约看到院子里有个阴影,比狐狸大得多。

老人提起一根棍子用来防身,下楼去了。

小黑嗅了嗅空气中的味道。是兔子!他能看到有几只兔子蹲在栅栏的一个角落里睡着了。他仔细检查了铁网,又试着快速挖了几下地面。围栏沉入地下仅仅几厘米。这简直小事一桩。

几分钟之后,他就进到了栅栏里面。兔子们开始四下逃窜。小黑轻松地抓住了一只,一口就吞下了它。他感激月亮没有赐予兔子能发出警示的鸣叫声的器官,也许它们是会叫的,但显然狼和人类都听不见。而那些该死的母鸡就可会叫了。当它们开始在它们的笼子里嚷嚷时,小黑意识到盛宴该结束了。他偷偷溜出栅栏,又蹑手蹑脚地穿过庭院,直奔附近的树林。

突然,一个身影挡在了他面前。

小黑停下脚步,垂下了耳朵。当他看清他面前是谁之后,他的喉咙里传出了愤怒的咆哮。

第三十四章

清晨七点。

洛伦佐紧张地拍打着方向盘,引擎终于发动了。半小时前,帕齐尼教授的一通紧急电话把他从床上揪了起来。这是一通他不想接到的电话。

格蕾塔睡眼惺忪地出了家门。昨天晚上,她和洛伦佐在追踪奥赛罗的行踪,凌晨两点才回到家。

"怎么回事啊?"她迷惑不解地问道。

"你先上车,咱们一边走我一边跟你解释。"

两辆警车。一辆护林队的小货车。还有一些其他的不知道什么车。一辆救护车上闪烁着灯光。所有车都停在农舍前的土路上。

洛伦佐熄灭了引擎。格蕾塔一声不吭。他们下了车,走到内院。在许多张陌生面孔中,他们认出了须发浓密的帕齐尼教授。他看上去心烦意乱。

他们走得更近了一些。一群人围在关动物的栅栏附近。格蕾塔一边走着,一边注意到了几撮染血的毛皮和几只被吃了一半的兔子尸骸。

教授前来迎接他们。

"真是一团糟。"他边说边用手抹了一把额头。

"在那儿?"洛伦佐指着那群在地上弓着身子的人,战战兢兢地问道。

"是的,你们来看看吧。"然后,教授转向格蕾塔,"我得给你打个预防针,这场面可不好看。"

姑娘点点头。"我是红十字会的志愿者。"她让他放宽心。但是她的双腿在颤抖。到目前为止,她在救护车上的短暂工作经历中面对的都是些小事故。挫伤的,轻伤的,还有几名要送去医院的待产妇人。没有什么能和她即将要看到的相提并论。

在距离栅栏网只有几米的地方,有一块沾着血迹的白色床单铺在地上。床单一侧露出了两只破旧的靴子。格蕾塔和洛伦佐都屏住了呼吸。

这时,验尸官也在一位警方探员的陪同下来了。他掀开白布,下面是一具上了年纪的农夫的尸体,他的眼睛和嘴巴都朝向天空张开着。老人的头发上乱糟糟地凝结着血块。在脖子后面,一汪血水浸湿了土地。洛伦佐吞了一口水,想要把坏情绪也一并咽到胃里。格蕾塔在他的肩膀后面偷偷看着尸体。

医生仔细检查了尸体。尸体肘部下方有一个很深的伤口,有明显的犬齿刺穿肌肉组织的痕迹。格蕾塔本能地抚摸着自己的手臂:尸体上的这道锯齿状伤口和她的很像。在老人的裤子上,小腿高度的位置还另有一些血迹。他的腿上也被咬了。

"探长,我确认了您的手下推测的是对的。"医生起身说道。"这个人是被犬科动物咬了。伤口表明他是在还活着的时候被咬的，"他摘下了乳胶手套，"不过，致死的原因似乎是头部受伤。"

警方探员脱下帽子："确实是，他的头猛地撞在了这个石盆上。"他一边说着，一边指向染有血色的灰色棱角。

"我们将在太平间进行更详细的检查。"医生说。

"好吧，你们把他带走吧。"警探命人抬起担架。"他有看门狗吗？有没有可能是他的狗袭击了他？"他向一位警员询问道。

"邻居说没有。不过他反映说，最近几天来，一直有狼在这一带转悠。野猪猎人是这么告诉他的。"

"狼？"警探诧异地问道。"啊，这大概就是你们也在这里的原因。"他转向森林警队的一名警员说道，距离他几步之遥的地方，听者对他的俏皮话报以皱眉。

"没错。我当即给帕齐尼教授打了电话，他是野生动物专家。这个狼群中有一只狼戴着一个无线电项圈。"森林警员说道。

"这么说你们知道他昨晚在哪里？"警探问道。

"是这样的。"帕齐尼低声回答道。他示意洛伦佐走近一点："我向您介绍洛伦佐·泽达。他正在追踪在这片区域上活动的狼群。"

洛伦佐又吞了一口口水。格蕾塔怯怯地一同走上前，觉得自己摊上事了：最后的三角定位是由她来负责的。

"正如我在电话里对教授所说的那样……"洛伦佐开始说道，"昨晚那头狼的无线电信号正是从这片区域传来的，"他迟疑了一下，"但是，我们不能断言说是它来到过这里，只能说是在附近一定范围内。"

这时候,一名森林警员打断了他们的对话:"请您看一下我在那道栅栏的金属网上发现了什么。一定是袭击受害人的动物留下的。"

透明的小塑料袋在教授的眼前挥舞着。他仔细地打量着它。

"是狼的毛,"他遗憾地承认,"是黑色的。"

警方探员叫来一名警员,下达了一些指令,另一边,森林警员则拿出了手机。

"真是一场悲剧!"教授看着伤心欲绝的洛伦佐和格蕾塔,喃喃说道。

他非常清楚几个小时后会发生些什么。

"你上哪儿去了?"里奥发问。

小黑走到领头狼跟前,双眼盯着地面,摇着尾巴。"去泉水边上了。"

领头狼满腹狐疑地嗅了嗅他:"我在你脸上闻到了兔子……还有人类的味道!"他更加戒备了。

"我就去抓了只野兔……"小黑嘟嘟囔囔,不敢看里奥的眼睛。

里奥怀疑地盯着他看。

法尔考刚刚睡醒,兴致高昂地打断了他们的对话:"小狼崽什么时候出生呀?今天?嗯?"他一边问,一边在巢穴入口前蹦蹦跳跳。

小黑利用这个时机躲开了里奥的盘问:"肯定还要有个几天的吧。"

杰玛伸了个懒腰,说道:"还要再过几天。但有可能会提前,毕竟这是她的第一胎。"

仅仅想到新生幼崽即将到来，整个族群就开始了一阵狂喜的嬉闹。无论长幼，他们都开始追跑跳跃，大呼小叫。里奥暂时停止了对小黑的追问。但是他会重提这件事情，继续追问。从黑狼的话语间，他闻到了谎言的气息。

第三十五章

格蕾塔胳膊下夹着三份报纸,走出报亭,溜进了餐吧。洛伦佐坐在一张小桌旁,手里拿着一杯香蜂花草茶。他一看见报纸头条,方才被花草茶舒缓了的神经重又紧绷了起来。

"教授说得没错,你看这儿:一人被狼群生吞……托斯卡纳的杀人狼……狼群袭击农庄,致一人死亡……"

"太糟糕了!"洛伦佐双手抱头说道。

"星期二晚,一群狼包围了一座偏僻的农舍,并袭击了家禽家畜。据透露,农舍主人是一位73岁的农夫,他用棍棒驱赶狼群,但凶猛的掠食者多次啃咬其手臂和小腿,最后咬住其咽喉致其丧命。"格蕾塔照着报纸读道。

"这太荒谬了!事情根本不是这样的!"格蕾塔气得跳了起来。

洛伦佐迅速浏览了这篇报道:"相关部门的专家做出了维护公共安全的郑重承诺。对涉事狼群的搜查已在进行中,得益于其中一只狼佩戴有无线电项圈,其运动轨迹可以被追踪。专家确保将在接下来的几个小时内捕获该狼群。"

姑娘气愤地用手掌拍打摊开的报纸:"洛伦佐,他们会对它们做什么?"一些顾客转过身来,歪着头看着她。

"帕齐尼昨晚打电话问我奥赛罗的无线电频率。"洛伦佐说。他摘下眼镜,用手指揉了揉疲惫的双眼。"专家们并不知道奥赛罗昨晚是独自行动,还是和其他狼在一起。出于这点疑虑,他们决定将整个狼群视为威胁。他们要设法抓住所有的狼。他告诉我一件特别可笑的事,如果有必要,他们还会动用直升机。"

"如果咱们的狼与这件事无关的话该怎么办?"格蕾塔坚持己见道,"他们在尸体上找到的DNA检测结果是怎么说的?"

"检测结果还需要一些时间才能出来,但他们肯定不会等了。奥赛罗卡在铁网上的毛发足以给它定罪了。"

"所以他们要杀了它们吗?"格蕾塔咬着嘴唇说道。

"条令里说是要活捉它们。但是如果行动出现困难的话,就不能排除击杀它们的可能。"

姑娘热泪盈眶:"这不公平。"

"另一方面,如果是奥赛罗杀死了那个老人……"洛伦佐嘟嘟囔囔地说道。

格蕾塔的双眼盯住了他:"你给我说清楚!你站在哪一边?"

"拜托了,你别这样,"洛伦佐说,"我只是想去理解做出这一决定的原因。如果它们再次伤人怎么办?我们也得从那些负责人类安全的人的角度考虑考虑问题。"

格蕾塔看起来一点都没有被说服。她看上去像个准备上战场的女战士。

"但是他们一定能够活捉住它们的。"洛伦佐安抚她道。

"然后把它们一辈子都关在笼子里吗?那还是杀了它们算了。"她干巴巴地说道,随后起身离开了餐吧。

洛伦佐盯着萦绕在空气中的香蜂花草茶蒸气出了神。

全部都要完了。全部。

正午的阳光穿过了遮住小刀的窝的那棵橡树。狼群刚刚醒来没一会儿。前一天晚上,他们去猎鹿了,可惜什么也没捉到。

突然之间,他们听到了犬吠声。法尔考开始高兴得跳来跳去。

"猎人回来了,是猎人回来了!今天我们有野猪吃了。香喷喷的美味野猪!"

但是小黑和其他狼都紧张了起来。

"他们来我们的山谷里了。"塞尔瓦说。

小刀从洞口探出脸来,被树林里的喧闹声扰得惊恐不已。

"他们为什么要来这里?"里奥咆哮道,"这里又没有野猪。"

"我们该怎么办?"法尔考问道。

"我们得走了,"里奥下达命令,"包括你,"他对小刀轻声说道,"如果狗来了,他们会追着我们的气味一路找到巢穴。"

"如果我躲到洞穴更深处去,我相信他们就不会找到我了。"她提出了自己的想法。她觉得自己没多久就要分娩了。

"什么都别再说了,"里奥坚决地说道,"如果他们找到了你,他们肯定会毫不犹豫地杀了你。特别是我们之前还偷了一头野猪。"他朝小黑瞥了一眼。

他们清楚地听见了人类的声音。

"他们已经很接近了,我们快逃吧!"杰玛喊道。

狼群急忙离开巢穴,沿着树木繁茂的斜坡上的小径狂奔。穿过附近的山谷后,狼群停了下来,竖起耳朵倾听。狗的声音并没有平息,相反,他们追得越来越紧了,迫在眉睫。

"他们在追我们。"阿尔巴说。

"跟着我走,快点!"里奥催促他们。

他们来到了一条河流面前。里奥进入河水里,好一会儿才爬上河床,其他狼都跟在他身后。每隔二三十米,领头狼都会朝着树林一跃而起,然后往后退,在身后留下一小段自己没头没尾的气息,他希望这样能迷惑到狗。

他们前进了很长一段距离。冰冷的河水令他们四肢麻木。当里奥确定已经给猎犬留下了足够多的干扰之后,狼群就离开了河流,钻进了另一座小山谷,朝着山顶进发。

他们来到一片草木丰茂的高地上,小刀躺倒在草丛里。她的腹部肿胀,呼吸急促。

塞尔瓦在凝神静听,里奥仔细嗅着风里的气味。小黑心生不宁地走来走去。里奥注意到了。

突然之间,一阵狂风把狗的狂吠声送进了他们的耳朵,还有人类在催促狗的声音。人类正在毫不迟疑地迅速接近他们。

里奥惊呆了。"他们正沿着山谷的东坡上来,"他注意到,"可我们没有从那里走过。"

"是啊,那他们是怎么发现我们的踪迹的呢?"杰玛也觉得奇怪。

狼群从山脊的另一侧下了山。很快,他们就来到了他们领地的边界。里奥迟疑了。他怎么也不会想到自己这么快就又要离开这片自己历经艰辛才找到的土地。但是他们别无选择。他们越过边界,慢慢走进了一条狭窄的峡谷,两侧都是嶙峋怪石。迷宫般的巨石阵拦住了他们的去路。这是一座由石头、苔藓和朽木组成的真正的迷宫。

这时候,在他们的身后,追赶者停下了脚步:负责调控无线电的警员失去了小黑的信号,在峡谷狭窄的峭壁之间停下了脚步。

"我收不到信号了,"他一边说一边摘下帽子,擦了擦额头上的汗水,"它们钻到哪儿去了呢?"

他的上司通过无线电联络了指挥部,然后迅速向手下下达了命令。

第三十六章

太阳消失在了山的背后,峡谷底布满了阴影。群狼精疲力竭,在沙地上缩成一团。潮湿的石壁仿佛在凝视着他们。

"我们就待在这里休息,直到天色完全黑下来吧,"里奥说,"夜里他们没法追踪我们。等明天一早我们早就跑远了,他们就再也找不到我们了。"

群狼蹲下,眼睛望着高处。一架直升机在峡谷上空飞行,正好悬停在他们头顶上方。群狼惊恐地看着它,被吓得一动都不敢动。

那个会飞的怪物调了个头,从来时的方向飞走了。这并不是狼群第一次看见直升机。实际上,近些年来,护林队会利用直升机将一些岩羚羊从阿布鲁佐森林公园引入锡比利尼山脉,将它们重新带回这片岩羚羊本已绝迹的山区。正因如此,狼群已经多次见过直升机了。

"恐怕他们已经看到我们了。"直升机螺旋桨发出的噪音平息后,杰玛说道。

"他们为什么要用这种方式追捕我们？"塞尔瓦恼怒地问道。

"大概他可以回答你的问题，"里奥说，"是吧，小黑？"

黑狼吓了一跳。

"两天前的夜里你去哪儿了？"他猝不及防地问道。

小黑没有回答。

"你回来的时候，我闻到了一阵人类的臭味。"里奥步步紧逼地质问他。

"我吃了几只围栏里的兔子，"他终于承认了，"在一幢房子边上。"

"你被发现了吗？"

"没有。"

"我不相信你！实话告诉我你做了什么！"里奥坚持追问道。

"我只是偷了两只兔子，我实话告诉你了。"小黑生气了。"有一只我当即就吃了，另一只我杀了，正准备带回窝里给小刀。接着来了一只狗……"

"然后呢？接着说！"

"他嘴里流着口水。很显然他是一条愤怒的流浪狗，一个没有归属成天在人类村庄的边界上游荡的家伙，"小黑继续说道，"我放下兔子就走了。我不想和他厮打在一起，我怕被他传染什么病。"

"你说的是实话吗？"杰玛直视着他的双眼问道。

"都是真话，如果我在撒谎的话，就让月亮诅咒我吧。"小黑回答道。

"你们听我说，"小刀插话道，"现在他们是因为一只兔子还是一头野猪追杀我们都不重要了。我想知道的是，他们明明没有跟着我们的脚印，是怎么追上我们的？"

大家都沉默了。山谷里夜色渐浓。

随后，凭借着自己敏锐的直觉，法尔考开口说道："有没有可能是因为小黑的项圈呢？有可能它有一种看不见摸不着的力量，能带着他们找到我们。"

布鲁戈怀疑地盯着在小黑厚实的皮毛中若隐若现的那条粗粗的带子。"你说得有道理，可能就是这样。"

"我们来试着把它拆了吧。"塞尔瓦建议道。

"我已经尝试过各种方法来摆脱它，"小黑说，"但是它坚不可摧。"

"在我的利齿面前就没有什么是坚不可摧的。"布鲁戈忍俊不禁起来。他将长长的犬齿插在了项圈和小黑的皮毛之间，开始猛咬猛扯。

"你这是想扭断我的脖子吗？"他的伙伴咆哮着抱怨道。

"我们来试试从两边扯。"里奥用他的獠牙咬住了项圈的另一侧。两匹狼咬紧牙关，同时拉动，小黑立在中间，四个爪子紧紧抓着地面。

最终他们不得不放弃了。他们费了好一番功夫，换来的仅仅是在项圈的表面上留下了轻微的划痕。

"这是人类留下的诅咒，"布鲁戈气喘吁吁，"它好像是皮革制成的，但里面简直比铁还硬。"

他们不知所措。

这时，镰刀般的新月从一块山顶的石头后面冒出来，安抚了他们沉重的心情。

"我们来祈祷吧，"小刀喃喃说道，"这会让我们好受些。

没准月亮会给我们建议。"

就这样,从山沟深处传出了一首缓慢又悲伤的歌。小刀起了头,里奥和其他狼随后也加入进来。每一头狼以自己与众不同的声音加入了合唱。就像预先排演过的。乐谱就写在空气和星光里。

灰心丧气的小黑也加入了狼群的合唱。他还是第一次这么做。他的嗓音可以媲美男中音歌手,厚重而有力,但同时又很轻盈,和其他的声音交织在一起,一同谱成了一曲忧伤的祷告。这是忧郁而绝望的恳求,期待着帮助和庇护。

紧接着,一声突如其来的犬吠打破了合唱的和谐。

歌声戛然而止。

狼群惊慌失措。

他们惊讶地环顾四周。所有狼的目光都落在了小黑身上。是他发出了犬吠声。

黑狼垂下耳朵,屈着四肢,肚皮都快挨着地面了。

"你是谁?"里奥威严地咆哮道,用凶狠的目光瞪着他。小黑呜咽了起来。领头狼逼近他:"你到底是谁?快告诉我们!"

塞尔瓦看着匍匐在地的黑狼,仿佛感到受到了侮辱。她自己也不敢相信:"快说,算我求你了!"

最后,小黑还是妥协了。"我的母亲是一匹狼……而我的父亲是一只狗。"他嘟囔着说道。

"那我猜对了,"布鲁戈咬牙切齿道,"虽说在北部地区确实有黑狼!"

"为什么?你为什么要欺骗我们?"里奥质问他道。

"你们不是已经接纳我加入族群了吗?"小黑试图捍卫自己。

"说实话！是人类派你来的吗？回答我！"杰玛对他步步紧逼。

"你背叛了我们！"布鲁戈也忍不住了，伏下身来以示威胁。

但是塞尔瓦挡在了他的面前。

"起来，塞尔瓦！让我给这半狗半狼的家伙好好上上课。"布鲁戈咆哮道。

小黑的眼睛盯着地面，没有做出任何反应。他感到自己仿佛回到了过去，回到了他的童年，被孤立、被嘲弄、被排挤，被驱逐出了族群。

"我们接纳了你，尽管你的毛色很奇怪，"里奥说，"尽管你还戴着项圈。我们相信了你说的故事，我们相信了你。但是你骗了我们。现在请你回答杰玛的问题：是人类派你来的吗？"

"我怎么可能和他们站在一边？这些人类杀害了我的伴侣。我和你一样恨他们，兴许比你更恨他们！"他直视着里奥的眼睛说道。

"我没有告诉你们真相，是因为我想凭借我自身接受评判，不是凭借我毛皮的颜色。我的母亲是一位强大又勇敢的领袖，她机智又敏锐。没错，她是经常做一些稀奇古怪的事情，像是从猎人那里偷野猪，还有在农舍的栅栏下面挖通道什么的。还有就是在一个满月之夜选择了一条狗当她的伴侣……但是我又有什么错？"

其他狼默默地看着他。

"里奥，你听我说，请你们都听我说，"小黑继续说道，"我觉得自己就是一匹狼，一匹和你们一样的狼。我相信并遵守着狼群的法则。从你们接纳我的那一刻起，我感觉到自己成了族群的一员,就好像我自打出生起就跟你们在一起一样。等小刀的小崽子们出生了,我也会很爱护他们,就像所有狼都会很爱自己族群里的小崽子那样。但是如果你们真的坚信是我出卖了你们,或者你们因为我血统不正而不接受我……那么你们现在就杀了我,咱们就此一刀两断吧。这样活着太累了。"

里奥深深地凝视着他的双眼。小黑也毫无保留地承受住了他的目光。

"我想相信你。"最后,里奥发话了,这句话让大家心中因痛苦紧绷着的一根弦稍稍放松了一些,"尽管如此,我还是担心人类是在你不知情的情况下把你送到我们身边来控制我们的。人类有着一种可以控制事物的强大力量。正是你脖子上的项圈引领他们找到我们,我对此深信不疑。"

"如果是这样的话,"小黑慢慢地说道,"那我很清楚我该做什么了。我会离开族群的。人类会继续追我,你们就安全了。"

"在我看来这是最好的决定。"布鲁戈说。

"是的,这是你的荣耀。"杰玛补充道。

法尔考闷闷不乐地看着小黑。他喜欢上了这头神秘的黑狼,他从来不缺创造力和大胆的想法。

"如果你要走,我就跟你一起走。"塞尔瓦呜咽着。

"不行,我绝对不允许这样,"小黑坚决地说,"你已经受了太多的苦了。"

里奥和小刀交换了一下眼色。

"塞尔瓦,你留下。我命令你留下。"领头狼说道,他的语气不容辩驳,"还有你,小黑……你也不用离开我们。"

其他狼惊讶地看着他:"但是这个项圈……"

"我们会凭借我们的速度和智慧来战胜人类的黑魔法。"

"那……对于我是半狼半狗这件事呢?"

"一头没有族群的狼就只是半头狼。如果你确实是半狼半狗,我们就补全你作为狼缺失的那一半。"

小黑走到里奥面前,用额头蹭了蹭里奥的脖子以示感激。虽然布鲁戈和杰玛并不认可这个会危及整个族群利益的决策,但他们没有勇气反驳他们的领袖说的话。

"现在不要再争论了。我们已经浪费了太多时间了,"里奥说,"如果小刀觉得还能走,那我们就离开这个黑暗的山谷吧,尽我们所能地远离人类,越远越好。"

"那我们要去哪里?"阿尔巴问道。

"我知道北边有一个自由区,"小黑说,"从这里走一天就能到。"

"那是你本打算和布鲁玛一起去的地方吗?"小刀问道。

"没错。我本打算有一天能有另一位伴侣能与我同去,"他说着向塞尔瓦投去了一瞥,"嗨……好吧,那还等什么呢?"

"那就这么决定了。你带我们去那里吧,"里奥首肯了,"那里将会是锡比利尼山脉狼群的新领地。"

他的声音精神饱满,充满了希望。

第三十七章

　　在死去的农夫家临近的农舍里，主人正在清洗自动挤奶器。八岁的小儿子正在羊圈中抚摸着一只几天前刚出生的羊羔。这个白白软软圆滚滚的小动物正用尽一切法子来避免小男孩的注意，但是小男孩并没有就此放过它。它那雪白的羊毛让他感受到一阵阵舒适的暖意。

　　突然，绵羊群开始朝与入口相反的方向挤成一团。

　　小男孩被留在了干草堆中，怀里的小羊羔挣扎着要向它的母亲跑去。小家伙从他的眼角余光瞥见门口有一个深色的身影，猛地朝他转过来。

　　逆着光出现了一条狗的轮廓。那是一条恶犬。

　　他嘴角挂着涎水，他的瞳孔也放大了。他迷失了方向，似乎在用目光追逐幻想中的事物，仿佛这样才好回到现实世界。

　　小男孩被吓呆了。恶犬盯住他。随后他看到了小羊羔，嘴里便开始空嚼着。小男孩本能地放开了小羊羔，那只魂飞魄散的小动物急忙跑向它的母亲。恶犬从被吓坏了的小男孩面前经过，扑过去追赶小羊羔。小羊羔及时躲进大羊的四蹄之间，狗停在羊群面前，狂吠不止。绵羊群被挤到了一个角落里，挤得眼睛都鼓胀了起来，眼看着许多羊都要被挤死了。

小男孩尖叫着从羊圈中逃了出来，好在他机智地关上了身后的门。

愤怒的恶犬被困住了。

"这些是我们必须整理的数据。"洛伦佐叹了一口气。

格蕾塔坐在他旁边，桌上放着一堆纸。他们两人双眼下面都挂着眼袋，想必昨晚他们睡得并不好。

"这里有阿尔卑斯德拉卢纳的狼群对狼嗥的反馈记录。我们得在这张表格里输入时间和频率，还有……"

"你听着，我实在没有办法集中精力做这些东西……想想奥赛罗和其他狼正在经历什么。"

洛伦佐握紧双拳，撑着下巴："对我来说也很难。但是我们还能怎么办？这些是我们无法左右的决定。法律规定了这些程序，就是为了防止它们对人类造成危害。"

"对人类造成危害……"格蕾塔痛苦地重复道，"法律还放任每年全国有成千上万的人死于吸烟或者酗酒呢……但野生动物袭击人类呢，一个世纪才会发生一两次吧。还有那些报纸呢？我知道写'食人狼'的新闻会更博眼球，但是……"她气坏了，"我也被狗咬过，但我又不会因此发动一场大征大讨，把全意大利的流浪狗都赶尽杀绝。"

"你说的当然没错，但是如果那条狗把你杀了，他们也会尽一切办法去抓住它打死它。"洛伦佐说，"而你就是你，格蕾塔。你想要克服你内心的恐惧，你做到了。但是大多数人都并不像你。很遗憾,对狼的恐惧深深地根植在我们的文化当中。想要根除偏见,这可太难了……如果袭击人类的是一条流浪狗,那几乎就没有什么人会去谈论这件事。但如果是有狼参与其中,那就好像世界末日都要来了一样。这就是一场必败的比赛。"

洛伦佐的手机响了起来。"是帕齐尼教授。"他看着手机屏幕说道,"喂?"

他们的谈话非常简短,洛伦佐的表情从不可置信变成了喜悦,最终又变成了紧迫。"好的。好的,我们这就出发,"他说着挂断了电话,"我就知道,那几份报纸得把它们那些'杀人狼'的头条给撤回去啦。"

"为什么?"格蕾塔问道,眼里闪烁着惊喜。

"他们今天早上抓到了一条狂躁的狗,位置距离那位老人去世的地方不远,"洛伦佐一边解释着,一边将无线电设备和天线收进他的背包里,"它一口的牙和那位农夫身上的伤口大小吻合。但还不止这些:在尸体身上找到的唾液鉴定检测结果已经下来了,不是狼的!是狗的!"

"等一下,等一下,"格蕾塔止住了他,想要把脑子里的想法好好捋一捋,"那不是奥赛罗的唾液吗?它既然是混血……"

"不,不是这样的。奥赛罗的遗传因子是混合的,但帕齐尼说了,尸体上留下的DNA100%是狗的。"

"这么说奥赛罗是无辜的!"格蕾塔欢呼雀跃。

"正是如此,"洛伦佐一边肯定了她的说法,一边冲下楼梯,"但现在的问题是教授联系不上追捕小组。有可能他们所在的区域没有信号。我们得快点拦住他们,不然就太迟了!"

"我们该怎样找到他们?"格蕾塔跳进车里,问道。

"我们跟着奥赛罗走!"洛伦佐指向遥测天线回答道。

直升机再次飞到了狼群上空。这是天亮以来的第三次了。他们看着它越过枞树的树枝，飞过了他们的头顶。尽管狼群彻夜跋涉，但追赶他们的人类似乎天还没亮就已经追到他们身后了。现在，四面八方都传来了陌生的犬吠声和人类的声音。包围圈正在向他们缩小。

小黑打头阵，里奥负责殿后。走在他前面的小刀已经筋疲力尽：她行走得非常吃力，拖慢了整个狼群的行进速度。

突然，在树林之间，小黑隐约看见了一座山。

"就是那儿。那就是我之前说的自由区。已经不远了。"他转过身说道。他对他们现在所在的位置感到异常熟悉，仿佛他最近才来过这里一样。这是树林中的一片空地，地面覆盖着低矮的蕨类植物，周围环绕着巨大的白枞树。突然间他明白了，浑身打了个寒战：那正是他三天前做噩梦梦见的地方。

他示意布鲁戈继续前进："越过那座小山有一条河，我们得蹚水过去。你来带队，我来殿后。"

队伍里的其他狼也跟了上来，小黑跟在了里奥后面。但是就在这时，狗越追越近，直升机的巨响声重又回到了狼群头顶上方。

当他们就要走到小山面前时，里奥发现小黑停下了脚步。

他转过身来。"你在做什么？我们快到了。"他嚷嚷着，迅速折几步回到小黑身旁。狼群里的其他成员已经穿过了绿树成荫的小山丘。

"他们不会阻止你们去自由区的，里奥，"小黑看起来听天由命了。他凝视着他们身后的树林，犬吠声已经非常近了。"他们快要追上咱们了。"

"但是他们还没有抓住咱们。快走！"里奥催促他道。

小黑盯着他的眼睛。"你快走吧！要保护好小刀和小崽子们。我留下来。他们想要抓的是我。"

"不行。"

"里奥，算我求你，你走吧，还有请照顾好塞尔瓦。"

"小黑，请你服从你的领头狼。那片自由区会庇护我们！"

"你听我说，里奥。自从我出生以来，所有人都视我同半狼半狗。现在我大限将至，你就让我像一匹堂堂正正的狼那样死去吧。"

里奥被这样的话语击中了。在他的伙伴眼中，他读到了恐惧，但也读到了坚定不移的决心和尚未实现的对复仇的渴望。小黑心意已决，里奥再也无法让他回心转意。

他深深地吸了一口气。"小黑，月亮会保佑你，"最后，他说道，"我们会在无尽森林里相遇，那时候我们要一起猎杀最大的鹿，"他的眼眶湿润了，"但等到那时候，咱得按照我的方法来。"

黑狼露出了微笑："我会与你并肩作战的，里奥。"

第三十八章

"我们快到了,我听到直升机的声音了!"

洛伦佐停在了林道上。除了直升机螺旋桨的声音,他还听见了狗的狂吠声。

格蕾塔迅速地下了越野车,调试着遥测天线。"在那里,越过那座小山丘。"

但是随即响起了两声枪响,惊得她一跳。天线差点从她手中掉下来。

"不——!"她用手掩住了嘴,惊呼道。

"上车!快上来!"洛伦佐向她大喊,挂挡开车。

小黑看见走在最前排的狗在树林中前进。在狗的身后,还有一些人影用长长的牵引绳拴着他们。一个警员看到了小黑,高声疾呼。小黑背上的毛竖了起来。小黑做好了最后的准备。他感到疲倦,精疲力竭。他无法再战斗了。他只是想早点结束这一切。

与追捕队同行的兽医端起了麻醉枪。黑狼是一个容易瞄准的目标:他深色的皮毛在一片苍绿的蕨类植物中清晰可见。

兽医又前进了几步,跪下来瞄准。狗在他周围疯狂地咆哮。

一切都发生在一瞬间。一条牵引绳断开了,一条狗朝狼扑了过去。追捕队员在试图重新抓住他时,又不慎松开了另一条牵引绳,又有一条猎犬失控了。两条狗来到了小黑面前,又是吠叫又是嘶吼。两条猎犬都挡在了射击线上,兽医没法瞄准开枪。小黑咬牙切齿地忍耐着。他本可以仅用两口就把他俩统统咬死,但是他没有动弹。

一条猎犬无视了主人的高声呼唤,咬住了小黑身体的一侧。小黑痛苦地呜咽着。说时迟那时快,一道灰色的闪电冲进了人们的视野,挡在了黑狼的面前。

"塞尔瓦!"小黑喊道。

母狼亮出了她雪亮的獠牙,准备发动进攻。猎犬胆怯地退缩了。

而那位围猎者看到自己的狗处在危险之中,慌了阵脚。他端起了猎枪。

"开枪!把它俩都打死!"一位同僚催促他。

一位森林警察试图阻止他。但是太晚了。

接连两声干脆的枪响。

小黑和塞尔瓦倒在地上,被子弹杀死了。

一个毛色乌黑如炭,另一个则像是镀了层银。倒在血泊中的他们永远地在一起了。

"刹车!"格蕾塔大声喊道。轮胎在土路的石头上打了滑。五匹狼从越野车前几米远的地方夺路而逃,跳进了下面湍急的河水中。

洛伦佐和格蕾塔高兴地在座椅上欢呼雀跃,但随即格蕾塔变了表情。"奥赛罗在哪里？"

"可能它已经过河了吧，"男孩充满希冀地说道，"希望那几声枪响……"他的注意力被其他东西吸引住了，"看！"他指着河说，"它们当中有一匹狼过不了河了。恐怕是匹怀孕的母狼。"

这时候里奥还冲在他们前面，扑到了河边准备涉水渡河。洛伦佐挂上了倒车挡，企图接近那匹在河水里蹒跚而行的母狼，她一路从山谷走到河边，已经累坏了。

其他几只狼从里奥跟在身后，不久就平安渡过了河。当他意识到小刀没有跟上的时候，领头狼扑倒在河岸上，眼里写满了绝望。

"在这里！"格蕾塔指着一具躺在距离河岸几米远的一块石头上的灰色身躯大喊道。洛伦佐急忙刹车，两个人都向那匹母狼猛扑过去。小刀双眼紧闭，口鼻几乎都淹没在了水里。匆忙的赶路令她疲惫不堪，冰冷的河水给了她致命一击。她的爪子已经不听自己使唤了，寒意全然裹住了她的周身。

格蕾塔没有半点迟疑。她走进了齐腰深的冰水里，靠近母狼。

"当心，不要靠得太近。"洛伦佐紧跟在她身后冲她喊道。

但是姑娘并没有听他的话。此时此刻，小刀的头在水面下滑动。姑娘迅速抓住了她，把她抬出了水面。

突然，格蕾塔感到自己仿佛置身于另一个时空。夜晚，同样是冰冷的河水。汽车的前灯被淹没了一半，照亮了青蛇一般的水藻，在一片噩梦般的碎玻璃中晃动着。格蕾塔在寒冷的激流中挣扎。她用手扶住已经失去知觉的男朋友的头，试图摆脱想要淹没他们的流水。她用一股大到可怕的力量把男朋友从驾驶座上拉出来，将他拖到了岸上。只有绝望和爱才能让人爆发出这样强大的力量，而彼时的格蕾塔两者兼备。她的男朋友停止了呼吸。恐惧压在了她的身上，紧紧地钳住了她，令她动弹不得。她必须做点什么，但是她该怎么做呢？她听到了一个遥远的声音："别呼吸！"她抬起视线。在河对岸，一匹黄眼睛的狼正凝视着她。

洛伦佐又叫了起来："母狼没气儿了。"

格蕾塔清醒了过来。她已经把小刀从水中拉了出来，现在母狼正躺在她的身侧，四肢在河岸边的冰冷的沙地上摊着。

"我要去找兽医，"洛伦佐嚷嚷道，他指着那座小山，"他们应该就在不远处。"

"没有时间了！"格蕾塔大喊道。她把手掌放在小刀的肋骨上，开始有节奏地按压和释放。这样持续了几秒钟。"你来，"她命令洛伦佐道，"不要太用力也不要太慢。就这样，就像我这么做！"

河对岸的里奥无助地看着这个画面，呜咽着沿着河岸徘徊。那两个人类正在对他的伴侣做些什么？

格蕾塔在母狼身旁弯下腰来。她掰开了她的嘴，让她伸出舌头，轻轻地搭在沙地上。她用双手托住母狼的嘴两侧，尝试着只留下与一条与长长的犬齿同宽的开口。而她接下来做的事情，令洛伦佐毕生难忘。

格蕾塔将嘴唇贴在小刀的嘴唇上，开始吹气。

吹气。

吹气。

漫长无止境的吹气。

最后一口气。母狼的胸口开始自发起伏了。她的心脏再次跳动。

格蕾塔突然大哭了起来。随即又是开怀大笑。然后又哭了起来，又哭又笑。她做到了。这一次她做到了。

洛伦佐紧紧地拥抱着她，这样的感动前所未有。

欣喜若狂的两人把母狼装进了车里，还给她盖上了他们的风衣。格蕾塔爬上后座，开始用力地抚摸小刀，好让她赶紧暖和起来。母狼半闭着双眼。

这时候，兽医和一名森林警员迈着大跨步从斜坡上下来，朝两位年轻人走来。洛伦佐赶紧告诉警员，检测结果足以证明狼群的清白。他急忙跑去向围猎者报告这则消息，而兽医则和两个年轻人一起上了车。越野车发动了。当他们离开时，格蕾塔朝河对岸投去了一瞥。里奥仍然在那里，一动不动。

"我们会救你的小崽子的。"她低声向他许诺。

看着汽车消失在了树林间，里奥急忙潜入水中过河。他从河岸爬上来，一直爬上了马路，鼻子凑近了泥土。

它闻到了轮胎的味道，鲜血的味道。还有生命的气息。

第三十九章

"总体情况看起来挺好的,"兽医用听诊器听了听母狼的心跳,确定地说道,"它只是累坏了,还着了凉。"

洛伦佐全速驾驶,一直开到最近的野生动物康复中心,幸运的是,这座康复中心位于卡森蒂诺国家森林公园的南部边界,距离两个年轻人发现小刀的地方并不远。

恢复中心的工作人员把母狼安置在密闭房间里的一张稻草床上。然后他们打开了一个红色的灯让她取暖,并在她的爪子打着吊瓶。

"我们会把它留在这里,直到它康复为止。"兽医起身说道。被戴上口套的小刀用目光追随着他的动作,鼻子靠在前腿上。她太虚弱了,以至于无法感受到害怕。

"这是我们通常用来安置受伤的狍子的地方。"医生向洛伦佐和格蕾塔解释道。

这个房间有两扇门。一扇通向中心内部;另一扇目前被关上的门则通向外面的一个小围场,康复期的狍子会被带到这里来照顾。这座康复中心设备齐全,工作人员的素质都很高。不过,这也是他们第一次"接待"一匹狼。

"你做得太好了,"兽医把手搭在格蕾塔的肩膀上,由衷地赞扬道,"我不知道这个世界上还有多少人会这样做。"

格蕾塔害羞了:"我参加过急救课程,所以……"

洛伦佐和兽医饶有兴致地交换了一下眼色。

"不过,给狼做心肺复苏和给人做人工呼吸完全不是一码事,"医生笑了,"我现在必须去出诊了,"他补充道,"如果你们需要的话,你们今晚都可以待在中心。前面就有一家客栈,"他指向一扇小窗户,从这里可以看见一间小屋,"那里有床和柴火炉。"

"谢谢你,"格蕾塔眼睛一亮,"我希望能和它挨得近一点。"她看着母狼补充了一句。

"可以,但是不要太近了,好吗?"兽医善意地提醒她道,"你要记住它毕竟是只野生动物。"

但是一等兽医离开,格蕾塔就把他的话抛在脑后了。她拿来一个小碗,在里面装了两个蛋黄。随后,在洛伦佐难以置信的目光里,她跪在小刀面前,小心地摘下了母狼的口套。

"格蕾塔……"洛伦佐用责备的口吻小声对她说道。但是他知道说她也没用。当这个姑娘决定了去做一件事情,让她放弃是不可能的。

小刀嗅了嗅碗里的东西,胆怯地张开了嘴。她开始舔食,时不时地瞥一眼格蕾塔。

"如果我把这事情告诉别人,没人会相信我吧,"洛伦佐悄声对自己说道,"看来它明白了我们正在照顾它。"他席地而坐,欣赏着这个画面。

小刀侧躺着。她优美的长腿蹭到了格蕾塔的膝盖。格蕾塔顺着小刀前腿上细细的黑色条纹温柔地抚摸着她的毛皮。

也是在这时候，发生了这样一幕：

小刀抬起了一只前爪，好像想触摸姑娘的手臂。然后她触到了她的手。

两手相握。

四目相对。

一口棕色的深井和一面琥珀色的镜子。格蕾塔凝视着母狼的眼底。她看到一个缀满繁星的夜晚，还有一个粉红色的黎明，那里有金色的太阳和银色的浓雾。最后，还有一道明晃晃的月之刃劈开了深蓝色的天空。

洛伦佐仔细看着这似真似幻的场景，这仿佛是来自世界上另一个人类与狼言语相通的时空。他们都说着自由的语言。

突然，一阵浓郁的庭荠花的香气充盈了他的鼻孔。

"格蕾塔闻起来比平时还要香啊。"他小声嘀咕道。

但是他弄错了。

洛伦佐生了炉子，而格蕾塔快速地准备了一盘意大利面。他们在沉默中吃了晚餐，他们太累了，太高兴了，也太悲伤了。

小刀获救了，但是奥赛罗和另一条母狼都死了。没有即时到达的愤懑和从河里救出一条怀孕的母狼的喜悦交织在了一起。

"它告诉我它想走了。"格蕾塔突然说道。

"谁？"洛伦佐惊讶地回答道。

"那匹母狼。它用它的眼睛告诉我的。它想在月光的沐浴下生下幼崽。"

男孩微笑着说道："等它恢复得更好了，他们会放了它的。"他向她保证。他已经累到难以进行交流了,"我们已经救下它了,现在就知足吧。"

洛伦佐没脱衣服就倒在了床上。几秒钟后,他便发出了轻柔的鼾声。格蕾塔温柔地看着他,关上了灯。

她走向窗口。在她眼中,星星仿佛落进了她面前的田野中,留下一轮皓月孤照苍穹。草地上萤火虫的小光点忽明忽暗,令格蕾塔如痴如醉。

然而突然之间,她的眼睛一亮。一个暗影从树林间走了出来。

第四十章

一天过后的下午，小刀的健康情况令兽医很是吃惊。

"它的恢复速度简直是在创造世界纪录，"他说，"它今天吃了两千克的肉。几天之内它就能完全恢复了。"

"我想让它尽早恢复，"格蕾塔大胆提问道，"它还有多长时间生小狼崽呢？"

"我不能给出一个明确的答案。但我想它很快就要生了。"

"不能在小狼崽出生之前就将它放生吗？"姑娘恳求他道。

兽医迟疑地摇了摇头："它还很虚弱……而且身边又没有照顾它的狼群……"格蕾塔把她的小背包靠在门上，在母狼身边蹲下了。

"但是，如果它的幼崽出生在这个环境中，它们还能顺利地回归自然吗？"洛伦佐问道，"它们的身上不就会留下人类的印记了吗？"

"我们会尽量减少与它们的接触，"兽医抚摸着下巴回答道，"当然，它们适应了依傍人类而生存的风险确实是存在的。"

"但是，孩子们，我们还能怎么办？如果我们过早地放生母狼和它的崽子，很有可能会害死它们。而且放生的话我们还需要先获得政府的授权。他们下达许可也总是需要好些时间的。"

兽医的话引来了一阵沉默。在房间里，能听见小刀透过口套发出轻柔的呼吸声。母狼的头枕在稻草上，她仰视着三个人类。

"现在我们让它好好休息吧。"兽医礼貌地把他们请了出去。他关上了身后的门。

"如果你们想的话，今晚还可以留下来住。但是明天我们需要用上这间小屋，有外国的研究人员要来参观中心。"

"没问题，"洛伦佐回答道，"我们无论如何都得回基乌西了。我们还积了一大堆工作要做呢，对吧，格蕾塔？"

姑娘沮丧地点了点头。随后她一拍额头："我的小背包，我可太粗心了。我把它落在母狼那里了。我马上就回来。"

洛伦佐的目光追随着她。

过了一会儿她回来了，脸上挂着微笑："我借此机会对它说了声晚安。"

与前一天晚上相比，小屋里的晚餐更加轻松愉快。格蕾塔的兴致很不错，他们两人都更加平静放松。在康复中心度过的两天同样也治愈了他们。

吃完饭后，格蕾塔坚持要关掉所有的灯，然后走到窗前。她说她想看看夜景。洛伦佐又点燃了炉子，坐在旁边。

突然格蕾塔叫他过去。

"你快过来，"她低声说道，"但要轻轻地。"

洛伦佐慢慢走近，不知道即将发生什么，但他的心脏强烈地跳动着。她抓住了他的小臂，示意他看向小刀住的房间外面的狍子围场。一个身影从铁丝网下面的一个漏洞里钻了过去。

洛伦佐惊得张开了嘴,又合上了。

"它是来接它走的。"格蕾塔悄声说道,满眼都是喜悦。

洛伦佐感到震惊。

不一会儿,有什么东西从里侧推了推小刀的房门。门开了。两个灰色的阴影悄无声息地溜到铁丝网下,消失在了树木的阴影中。自由了。

洛伦佐难以置信地看着格蕾塔。然后他突然大笑起来。

"是你干的好事吧,你给我实话实说。"

"这跟我没关系哦,"她咧嘴笑道,"是那头公狼昨晚来挖了一条隧道。跟我没关系。"

"然后那条母狼后腿直立站了起来,自己就把门闩打开了,是吗?"洛伦佐笑问。

"好吧,这件事情上我是帮了它一把,"她承认道,"而且我还帮它把口套给摘了。"

"这就是你回去拿包时干的好事啊!"洛伦佐大笑道,"你可真是诡计多端!"

"你看,我们是同谋了。你根本就是完全知道我干了什么——我回来的时候你给我使了个眼色!"

"不是……不是这样的。我……我到现在才反应过来。"

"啊哈,被我拆穿了吧!你一说谎就结巴了!"格蕾塔叫了起来。

洛伦佐投降了说道:"真是倒霉,这都被你发现了……现在我没法再对你说谎又不被识破了。"

"正是如此。你现在必须要一直对我说真话!不然的话,我也会立刻就发现的。"她边说着边靠近他。

男孩扬起了一条眉毛。

"你这是迷上我了吗?"格蕾塔故意打趣道。

洛伦佐无法呼吸。他的心跳到了嗓子眼儿。但是他对这个问题的答案毫无迟疑。

他转过身来面对她:"事实上,我确实迷上了你。"话语自然流淌而出,完全没有磕绊。

格蕾塔微笑了。

格蕾塔终于在她结冰的河面上找到了一条裂缝。她奔向了救赎之路,呼吸着自由的空气。

第四十一章

冬天到了。

锡比利尼山脉的狼群已经在小黑死前所指的那片自由区安定下来了：弗拉蒂诺巨石，人类是这样称呼这里的。这里是全欧洲野生生态环境保护得最完好的地区之一，位于艾米利亚·罗马涅大区和托斯卡纳大区之间的分水岭上，是卡森蒂诺国家森林公园里的最大最完整的一块保护区。那是一块未被污染的净土，猎物丰足，人迹罕至。

一只敏捷的貂可以从森林的一头横穿到另一头而不从树上掉下来，毕竟这里的树生得太密集紧凑了。崎岖的山坡和陡峭的峡谷令伐木工人都望而却步。

弗拉蒂诺巨石从来没有将它对树的恩惠同等地赐予人类，而也正是这种可以理解的吝啬使它成为了一座坐拥丰富的生态资源的独一无二的宝库，曾经覆盖了整个欧洲的原始森林如今也只剩下这最后的一片净土。现在，这颗镶在亚平宁山脉上的野生珍珠成为了锡比利尼山脉狼群的新家。

自里奥从康复中心放出小刀以来,已经过去了几个月的光景。从康复中心出来后里奥领着她来到了森林公园的中心,布鲁戈在那里迅速地挖了一个巢穴。这个巢穴刚挖好就派上了用场,小刀生了三只漂亮的小狼。健康又活泼,嗷嗷待哺。

一切都在往好的方向发展。狼群已经适应了这片奇妙的领地,那段关于逃离人类、饥饿和苦难的记忆早已飘远了。里奥现在是一支稳定团结的狼群的领袖,他的幼崽长得强壮而聪明。他所爱的母狼就在他的身边。永远如此。

然而领头狼并不安心。不安的感觉又来了。

每当他回想起那场北上大逃亡,他感到自己又被命运之河拖住了脚步。没错,他已经把族群带到了安全地带。但他觉得自己发挥的作用说到底是微不足道的。如果没有小黑的指引,他还能够来到自由区吗?如果没有那匹黑狼的足智多谋,他还能带着他的狼群吃饱喝足吗?如果没有那位人类女性的帮助,他能救出小刀吗?他没有通过决斗便成为一头雄性领头狼,获得现在的领地同样也是捡了便宜。他配得上群狼之首这一角色吗?

这些问题在他的脑海中嗡嗡作响,并且越来越频繁地引着他的目光转向南方,转向他心中唯一合法继承的土地,也是他唯一的救赎机会。

"我可以和你聊聊吗?"布鲁戈靠近他,问道。里奥坐在一棵年轻、细瘦又弯曲的枫树脚下。在靠近巢穴附近的低处,能听到小狼崽们相互追逐时发出的嬉闹声。小刀慈爱地看着他们,而其他的狼则在休息,为下一次狩猎养精蓄锐。太阳在落山之前投出了最后几缕金色的光芒。

"我在听着,布鲁戈。"里奥说道,但他的视线没有从日落上移开。

布鲁戈深吸了一口气。"对我来说开口并不容易……"他喃喃道。

这下子里奥完全从自己的思绪中抽离了出来,看着布鲁戈。布鲁戈低下头,看起来很是为难。

"我和杰玛……总之……我知道我天生不是一块做领头狼的料……但是杰玛很能干……我是说……我和她在一起……"

一颗小星星在里奥的眼中亮了起来:"这真是个让我意外的消息,布鲁戈。不过我为你们高兴。"

布鲁戈立即变得轻松了好些:"你不知道我为离开族群感到有多抱歉,里奥。杰玛也觉得心里过意不去。但是我们想要拥有属于我们自己的家庭,你明白吗?"

"那么这里就是你们的家了,"里奥回答道,"你们不需要另去寻找新的领土了。"

布鲁戈惊奇地睁大了眼睛看着他:"但是……狼群的法则……一个族群里不能有两只领头狼吧。"

"我知道,"里奥平静地回答道,"实际上也不会有的。"

第四十二章

春天来了。

森林上空飘来了一场毛毛细雨。一场轻柔的好雨,在峡谷潮湿的岩壁之间铺了一张发光的床单。欢腾的特纳河的流水挠痒了空气,空气也随之嘶嘶作响。

溪谷中出现了五个身影。他们的爪子踩在浅水中,停下来欣赏他们眼前的高山大川。

"就是这里了,总算到了。"里奥叹了口气,眼神里写满了激动。

"你们看,我的孩子们,"小刀说,"这里就是锡比利尼山脉。"

庄严的色调与山脉的巍峨相得益彰,显得神秘而又亲切。在小狼们的眼中,里奥说的故事把锡比利尼山脉描绘成了一位警觉的古老记忆守护者,一位他们并不认识但总听到的老祖母,现在在那里准备好了迎接他们,保护他们,让他们怀着敬畏之心在她最宏伟的山峰和最僻静的沟壑之间成长起来,她准备好了拥抱的同时也准备好了一顿数落。

里奥和小刀的三个孩子很是惊奇，一动不动地凝视着锡比利尼山脉。他们还不到一岁，但已经成长为了不起的小狼。赞娜和卡尔多已经长得几乎和里奥一样健壮了，而稍微瘦小一点的小月则是继承了母亲美丽的毛皮和她的优雅。

重返锡比利尼山脉的旅程比起他们一年前所经历的历险要容易多了，想当初，他们毫无经验也没抱一丝希望地出发去了北方。然而更加艰难的，则是向杰玛、布鲁戈、法尔考和阿尔巴道别。对小刀来说尤其困难，特别是因为告别时杰玛已经怀有身孕，她却将再也见不到她亲密的伙伴的小崽子们了。

里奥的计划是重新夺回这片最令他感到依恋的领土，也就是当年面对乌罗的攻击时他无力捍卫的锡比利尼山脉。当然，他很清楚地知道，仅仅在小刀和三只小狼崽子的协助下他是无法做到的。因此，他打算暂时先在环抱大平原的小山丘上定居，那里曾经是他父亲的领地，在人类用毒药和步枪杀死了好多狼之后，就再也没有狼群住在那里了。他明白这很危险，但与离开时不同，他决心直面这一危险。在锡比利尼山脉以南的那片领土，他会仔细研究局势，等待合适的时机来夺回原本属于他的一切。

但是，里奥的计划遇到了一个突发事件。

"怪了，"领头狼说道，"在领地边界上我闻不到一丝一毫乌罗族群的气味。"

"还真是，"小刀也同意，"他最近没有做标记吗？"

狼群很纳闷，他们的劲敌在峡谷这样的战略要地为什么不做个标记。

"我们得小心地往前走。"里奥说道。

他们沿着锡比利尼山脉北侧只有他们知道的小路前行。

雨停了。在他们的身后，波维山戴上了一条薄雾织成的围巾。空气静止了，像是在等待着什么。在上山的过程中，他们察觉到了许多鹿留下的新鲜痕迹。他们从未见过那么多。乌罗或其他狼留下的气味很遥远，仿佛已经随着时间的流逝而消散殆尽了。

他们偷偷穿了过去，向巢穴走去，非常谨慎地前进着。

一股恶臭突然钻进了他们的鼻孔。

"一股死亡的臭气。"里奥压低声音嘶嘶地说道。他们更加小心了。

当他们到达山洞附近时，他们的视野里出现了骇人的一幕。到处都是狼的尸体。他们身上好几处毛皮不见了，裸露出长着肿胀脓疱的皮肤。小刀吓呆了。小狼崽们更是快被吓晕了，他们紧紧依偎着母亲。

"我们快离开这里吧。"小月恳求道。

突然，里奥听到从洞穴入口传来了声音嘶哑的喘息声。

他们走近了一些。

"乌罗！"

波维山的领头狼躺在地上，四爪蜷缩着。毛皮散落在他身体周围，裸露出羸弱又紧绷的肌肤。他呼吸困难。他的眼皮被黏稠的不透明黏液黏住了，连睁开眼都很费力。

"老灰，"他神志不清地说道，"你最终还是来夺回你的领土了……"他喃喃道。他的声音是黑色的。他的目光中满是黯淡。

"我是里奥。"

"里奥？"他重复道，略微抬起了头。

"你都经历了些什么？"小刀问道。

"一场可怕的灾难……狗……是狗带来了灾难。他们回来了……"

"流浪狗？"里奥难以置信地问道，"是他们攻击了你们吗？"

"他们看起来都疯了一样，都不再害怕狼了。我们杀死了许多狗，但是……"他咳了几声，舌头被鲜血染红了。

小刀本能地走近，好像想要帮助他。

"别过来，"乌罗咆哮道，"如果碰到我，你会死的。"

小刀和小狼崽们都退缩了。

"他们还在这附近。不要和他们战斗，只要被咬伤一口，一切都完了。"

乌罗的喘息声变得更加深沉了。"这是多么痛苦的死法啊。我的血都要流干了……我的族群那么强大都没有用……你们快逃吧，趁现在还有时间。狼已经输了。"

他呼出了最后一口长长的气。

其他狼悲伤地看着他，看着他们的宿敌就以这样一种不堪的方式死去了，他们无法感到宽慰。

"甚至乌鸦也不会落下来带走他们。"里奥说。然后他的头朝后仰去，发出了一声深沉的嗥叫。小刀和小狼崽们也一起加入了这一曲挽歌。

他们挽歌的回声尚未消散，就听见犬吠声划破了发臭的空气。狼转向他们身后的山脊。一只强壮的马鲁索斯犬带领着一大群狗密密麻麻气势汹汹地向他们冲下来。

"又来了。"里奥难以置信地呻吟道。他似乎又看到了与一年前乌罗入侵他们的领土时相同的场景。同一个舞台，不同的演员。

"这一次我不会再逃跑了！"里奥咆哮着，露出了尖牙和利爪。

"你没听到乌罗说的话吗？"小刀喊道，"和他们战斗等同于自杀。"

"我来独自应对他们，你们快逃。"

"爸爸，求求你，不要这样做，"小月说道，"我不想看着你沦落到他们这田地。"她害怕地瞥了一眼那些腐烂的尸体。

狗群正冲着他们跑来。他们现在已经很近了。

突然，里奥冒出了一个念头。"你们跟我来。"他喊道，随即朝阿根特拉山飞奔而去。他们来到一处小高地，领头狼转过身来面对追击者。领头的大狗是一条肌肉发达的马鲁索斯犬，他的祖先曾与狼和熊进行过艰苦的战斗。他嘴里流着口水，双眼通红，看起来像是疯了。他们黑又短的皮毛间露出了鼓起的脓疱和腐坏的皮肤。他和他的族群感染的疾病并不会杀死狗，但是会令他们发狂，无所畏惧。

"你们越过山脊继续前进，然后再向北跑，"他向小刀和孩子们下达指令，"我来考虑怎么对付他们。"

"里奥，不要！"小刀呜咽道。

"不要争论了。我没有打算牺牲自己。我有一个计划。"他用鼻子推了推她，向她喊道。"你们要照顾好妈妈，"他向孩子们说道，"小刀，去你知道的地方！"

母狼和幼崽们越过小山丘消失了。里奥等着狗群再接近他一点。他们的吠叫声足以划伤岩壁。

里奥跑了几十米，冲进了下方的山谷。然后他停了下来，转过身以挑战的姿态迎接他们。在他看来，所有的狗都在追他。当他们快要追上他时，他飞身向南奔去，在牧场的绿草上飞驰。

很快他就来到了大碗前。那一汪雾气聚成的湖在那里向他发出邀请，为他提供了一条安全的逃生路线。

但是，当他距离那一面摸不着的白墙只剩几米时，他向右转，绕过了大碗。"这一次我要用不同的方式来终结这一切！"他坚决地对自己说道，然后飞身扑向了大平原。

远处，在广阔的平原上，一群绵羊正在安静地吃着草。

一团烟升到了天空中，越飘越高。

第四十三章

"十六头,"锡比利尼森林公园的生物学家数了数,放下了双筒望远镜,"九头成年羊,七头小羊。"

他正在数新生岩羚羊的数量,这是将这些岩壁杂技演员重新带回锡比利尼山脉这一计划的一个环节。

兽医记下了数据,动身去向下一个观测点。然而,他的注意力被一串小点吸引住了,它们快速地跑下山脊,直奔大平原而去。他又抓起了双筒望远镜。

"那些正是我们正在找的狗!"他惊呼道。森林公园里的人都知道有染病的野狗正在引起狼的大批死亡。

"看,"生物学家说道,"它们在追一匹狼。"

"我们快打电话给森林警察!"兽医急忙说道。

最近的巡逻队在几千米外的卡斯特尔圣安杰洛。收到警报,警员们闪电一般地冲向卡斯特鲁乔平原。

"如果它们下到平原里,也许我们就可以抓住它们。"一位森林警察说道。

这是这些狗第一次离开树木茂密的山坡,来到没有遮蔽的开阔区域。这些天来森林警队的警员们一直在等待着这一刻。实际上,森林公园的负责人已经下达命令不论用什么手段都要捕获这群染病的狗。

里奥的爪子最终踩在了大平原的草地上。通过眼角的余光,他确定那些狗依旧在跟着自己。他直奔向一年前他袭击过的羊群而去。绵羊们还在那里,在棚屋边上。和绵羊在一起的,还有那些白色牧羊犬。

一切都发生得如此之快,以至于负责放哨的狗——路德没有时间发出警报。里奥在绵羊群中穿行,就像切黄油的刀片一样将羊群一分为二。当野狗们看到这些胖乎乎咩咩叫的生灵时,他们立即放弃了对狼的追逐,朝绵羊猛扑过去。布利愤怒地从羊群中冒了出来。他重伤了其中的一条狗,又猛地一口咬在另一条狗的脖子上,杀死了他。这些白色牧羊犬已经接种了疫苗,不会因为与染病的狗接触而感染。无论如何,就算一定会死,他们也会保护羊群。

一片混乱之中,里奥正要溜走,布利突然扑向他。里奥用一种敏捷的走位设法躲开了他,并又扑到了羊群当中,绵羊们慌作一团,四处乱跑。

同时,年轻的牧羊人听到了这些喧哗声,从小屋里出来了。他惊讶得张大了嘴。"流浪狗和狼竟然会一起捕猎!"他惊叫道,但他误会了他所看见的。他的父亲去维索的市场卖奶酪了,他现在孤身一人。他冲进小茅屋,从床垫下面拽出了步枪。起身后,他从小窗瞥了一眼外面的泥土路。一团尘土正朝他全速前进:是森林警察的小卡车!他不知道自己是否该为此高兴。他把步枪藏了起来，跑去接警员。

羊群势同风暴中的一片羊毛海。绵羊们惊慌失措，一会儿聚拢一会儿散开。一些野狗毫无生气地躺在草地上，另一些则在与白色牧羊犬搏斗。里奥设法甩掉了布利，并且利用混乱的局面向梅尔加尼沟奔去。它已经救过他一次了。他希望这次也会。

他钻进沟渠中，跑得上气不接下气，一直跑到他和杰玛安放老灰的尸体的地方。在绿色的小土丘上，什么都没剩下，甚至连一块骨头都没有了。只有白色的花朵，有着白色和蓝色的花瓣。

突然间，他的身后响起了一阵嘶哑的呻吟声。

马鲁索斯犬追上了他。那条狗向里奥扑过去，他双眼通红，嘴角垂下的口水滴在了草地上。里奥继续奔跑着。快到那道深渊时，他不得不停下了脚步。狗也放慢了速度。尽管他病得歇斯底里，但他知道狼被困住了。为了逃脱，里奥将不得不穿过黑色的深渊之上那条危险又细长的金属桥。里奥露出了尖牙。他十分想要扑到狗的脖子上去给他致命一击。

但是随后他想到了小刀，还有他的小狼崽们。那些已经出生的，还有那些……

里奥鼓起他全部的勇气，将一只爪子搭在了细长的金属桥上。他感到柔软的垫子下有粗糙的锈迹。正在这时，狗朝他扑了过来。里奥一脚前一脚后地朝前跑去。五个敏捷的长步让他在虚无之上获得了平衡，他就像一位没有保护网的走钢索演员。

他做到了。

他已经克服了这道深渊，还有那最古老的恐惧。

他胜利了，兴高采烈地转向马鲁索斯犬，用嘲弄的神情看着他。里奥在狗的眼睛里读到了一种盲目而不自然的愤怒。但当狗把爪子搭在管道上，蹒跚着前进时，里奥的喜悦灰飞烟灭。在他的身下，死亡的阴影伸长了无形的爪子。狗恐惧地来回摇摆着，但是尾巴的摆动帮助他保持了平衡。最后一步，狗也到了另一侧。里奥被吓呆了。现在轮到那条狗用嘲讽的眼神看着他了。里奥退缩了。他试图爬上深渊之外的斜坡，但浸泡着雨水黏黏腻腻的土壤却往下塌陷了。里奥落在地上，距离那条张牙舞爪的狗只有一步之遥。

一声枪响。

马鲁索斯犬倒下了。一动不动地倒在地上，紧锁的牙关距离狼的身体只有几厘米。

里奥没有立即明白过来发生了什么。随后他看到在深渊的那一头有一个绿色的身影。一位森林警察紧握着一支正在冒烟的手枪。他的手正在颤抖。射出那一颗子弹对他来说太艰难了。他的家里也有一条狗，与他刚刚杀死的狗是同一品种。他爱着他的狗，狗也爱他。他慢慢地放下手枪，然后放回枪套中。里奥用他琥珀色的深邃眼睛跟随着这一系列动作。那个男人满头大汗，紧绷的表情宛如一张弓。里奥在他眼神中读懂了他在为自己刚刚做的事深感悲伤。

"你快走！"那人张开双臂大喊道。

里奥转过身，开始艰难地爬斜坡。他花了好一段时间，每迈出一步土地都在他脚下塌陷。但是最后，他还是到达了顶峰。在离开之前，他最后一次转过身。那个穿着绿色衣服的男人还在看着他。森林警察牺牲了一条狗——人类的忠仆，为的是救下他——一匹狼。

里奥游过了彼拉多湖的湖滨。夕阳的光辉在波浪上跳跃。他走下山谷，路过了佛切村，绸带般的炊烟在寒冷的北风中缭绕着。太阳从山头上逃走了。它拖长的光迹仍萦绕在山峰之间，照亮了满天粉红色和橙色的云朵。

里奥重又爬上山脊，再次向峡谷走去，然后，朝着古老的里帕库帕森林进发。他仍然没有闻到任何一丝小刀或者小狼崽们的气息。一个可怕的想法在他脑海中盘旋：如果当时不是所有的流浪狗都追着他跑了呢？一想到那些可能会发生在他家人身上的事情，他就感到毛骨悚然。

最终，他来到一棵高大的山毛榉树脚下，树枝上挂满了回忆，树皮上可以读出几个世纪的风吹日晒、寒露白雪。它的枝叶遮蔽着一小片草地，宛如一个美妙的草地阳台，从这里可以俯瞰山谷。那棵树看见过不知多少代的小狼崽们在这里出生。实际上，在它的树根之下，正是锡比利尼山脉狼群开始繁衍生息的巢穴。正是在这个巢穴里，塞尔瓦生下了法尔考和阿尔巴。

里奥慢慢地靠近，度量着每一步。他将鼻子深入地下洞穴的入口。一片静默。一阵阴郁的绝望让他感到格外揪心。

随后，从洞穴的深处突然传来令人愉悦的强烈气味，不会弄错的。是庭荠花的香气。伴随着轻柔细微的呻吟声。喜悦填满了他的心房。

他正要爬进洞穴，在他的背后，三个身影突然从灌木丛里窜出来。快活的灰色身影跳到了他身上。

"小月！赞娜！卡尔多！"

"我们还怕你是他们其中的一只狗。"小月一边舔着父亲的脸，一边说道。

"有四个小家伙出生了！都活蹦乱跳的！"赞娜兴奋地大喊道，兴奋得上蹿下跳，像是脚上装了弹簧。看着这些小狼兴奋地玩耍着，虽然体格已经长到了成年狼的大小，骨子里却还是小崽子，场面还真是滑稽。

这时，虽然刚经历了痛苦的分娩，小刀还是从巢穴中探出了小脑袋。她再一次见到里奥，感到前所未有的高兴。她用眼睛询问他。里奥也用眼神回答了他，安抚了她：一切都结束了。他走到他的伴侣面前，额头靠在了她的额头上。

云散天开，春风带来了新鲜的空气。月亮的光辉宛如手指穿过头发一般照进林间，在蜘蛛网的线上绣上了光之花。

"锡比利尼山脉的狼群回家了。"里奥说道，一字一句充满分量。

他来到了林间空地的边缘，欣赏着自己的土地。这仿佛是他第一次看它。也许是因为他自己变了。然而，他并没有凭借自己的力量击败乌罗和流浪狗。而且，仅仅是穿越了那道深渊，他仍然不足以获得真正的成为领头狼的资格：要是没有森林警察出手干预，他活不下来。是命运再次为他开辟了道路。无论如何，此时此刻他终于感到安宁。

他闭上了眼睛，发出了一阵自豪的嗥叫。在这首庆祝重新夺回山谷的旋律中，他又看见了小黑，那头半狼半狗的生物用自己的生命换取了族群的自由，那是多么令人难以置信地舍己为人。然后他又一次看到了那个穿着绿色衣服的男人，他选择牺牲一条狗来拯救一匹狼。最后，在嗥叫的回声中他又回想起了那个眼睛深邃的女人的善举，是她在生死攸关的时刻救回了他的小狼崽们的母亲。

就是这些了，这些才是一匹领头狼应当具备的素养：无私、勇敢还有爱。如果里奥的世界与人类世界不曾相遇，如果那些人类不曾出现在他的世界里，他大概永远都不会理解和接受与自己不同的东西。里奥已经掌握了关键，这是在一个向来不是，也永远不会只是属于狼的世界里生存下来的唯一途径。

小刀很久以前向他提出的疑问又在他耳畔响起了。谁知道人类是否也会祈祷。天知道他们是否也信仰着什么更伟大的东西。

山谷正在呼吸，向他吹来清爽的风。又是一个全新的夜晚。

在那一刻，他第一次接受了这个想法：

对于人类和狼来说，那可能是同一轮月亮。

致谢

我要感谢锡比利尼山脉的狼,他们为我奏响了一曲令我难以忘怀的交响曲。听着他们在夜里高歌,到他们的家园里做客,真是非常不可思议的体验。与此同时,我觉得我必须要向狗狗们道歉,他们是我们人类忠实的朋友,但在我的故事中,我经常用负面的词汇来形容他们。这种选择只是因为我想要通过狼的眼睛观察世界。

我要感谢马西莫·德尔·奥尔索,他与我分享了他与狼打交道的丰富的经验,并将自己依凭热情和科学严谨的态度研究了多年的狼群资料给了我。他所讲述的一些关于狼的轶事最终也被写进了书中。

我要感谢锡比利尼山脉国家森林公园,感谢弗朗切斯科·珀尔科,奥利维罗·奥利维耶里、亚历山德罗·罗塞蒂、保罗·萨尔维、费德里科·莫兰迪、保罗·福科尼、斯特凡妮亚·瑟维利、弗雷迪·巴尔巴罗萨和阿尔坎杰洛·恰玛鲁奇。感谢所有以不同方式努力保护他们自己土地上的自然环境和文化的人。

为了故事叙述的需要，我把卡斯特卢乔平原上的牧民描绘得很是阴郁。实际上，他们都非常支持由锡比利尼山脉国家森林公园官方组织的预防计划，森林公园的技术人员也会为他们提供免费的咨询服务，还有带电的防护网和马瑞马·阿布鲁佐牧羊犬。尽管狼90%的猎物都是野生动物，但狼群可能会对那些以养羊为生并且没有能力或知识保护羊群的人造成严重的损失。保护狼的关键之一就在于帮助畜牧者采取正确的保护羊群的策略，才能够让人与狼和平共处。

我还要感谢亚平宁狼保护中心、托斯卡纳-艾米利亚亚平宁国家森林公园、卡森提内西国家森林公园、国家林业总队和卡梅拉·檬斯托、毛罗·德洛古、杜奇奥·贝尔齐、威利·雷焦尼、米娅·卡内斯特里尼、路易吉·莫利纳里、安德里亚·杰纳伊，以及所有那些无论昼夜，无论晴雨风雪都在研究和保护狼的人。

感谢艾丽莎·贝尔迪，在一个冬天的早晨她扑进河中，从流水中救起了一条名叫纳瓦雷的狼，当时他受了重伤，濒临死亡。营救小刀的章节正是参考了她的勇敢之举。

也要感谢路易吉·波伊塔尼、乔治·波斯卡利、保罗·丘奇、弗朗切斯卡·马卢科、卡尔米内·埃斯波西托以及马可·阿尔比诺·法拉利的书籍和文章。这些书籍和文章，帮助我加深了对意大利狼的了解，他们真的令人惊讶。

感谢我的导演朋友马西莫·皮乔利，他是这趟冒险中不可替代的伙伴，给我们带来了为意大利公共广播电视台撰写有关狼的各种报道的机会。这是一次非常重要的经历，丰富了我对最原生态的亚平宁山脉的了解。

最后，我非常感谢我的妻子莎拉。在撰写本书的漫长过程中她的长期支持起着至关重要的作用。我们一起为了追寻狼的足迹进行了许多旅行,彼此共享着那些令我们永远难以忘怀的心情与经历。和她在一起时,我拥有非凡的好运,令我从狼的眼中重新审视自己,也令我明白了一个真理:在这种迷人的动物的眼中,我们人类可以看到我们灵魂中最真实最本能的那一部分的倒影,那种原始的灵魂也曾经属于我们。在他们的眼中,我们可以重新找回一条通往自然的秘密通道,那里属于动物也属于人类。因为当我们看着狼的眼睛时,我们同时也看到了自己。

世界自然基金会承诺在意大利为狼的未来提供帮助与支持

1972年，为了保护意大利狼，世界自然基金会发起了"圣弗朗切斯科行动"。在遭受了包括猎杀、陷阱、毒杀等各种形式的迫害之后，该物种在当时仅存100只。自古以来的恐惧和偏见，以及在严重匮乏生物学常识的情况下，意大利人视狼为凶残又有害的动物，必须根除。世界自然基金会通过科学研究、教育、交流以及对受损农民的及时补助等一系列的协调举措，改变了意大利狼的命运（该物种的最早的保护法令可追溯至1972年）。

如今，在亚平宁山脉生活着1580只狼，在阿尔卑斯山则有100～120只（2015年平均估值），他们正在远离灭绝，但始终处于易危的险境之中。广泛使用猎枪、陷阱或下毒的偷猎行为导致每年都会有数百头狼死亡，与此同时他们的生存还受到流浪狗的威胁。因此，世界自然基金会将继续努力以确保狼在意大利的未来，但是要拯救他们，还需要得到所有热爱其野生之美的人们的帮助。

让狼生存下去。支持世界自然基金会。